救命センター「カルテの真実」

浜辺祐一

集英社文庫

救命センター「カルテの真実」

目次

プロローグ 9
孤独死 19
刺創 45
リピーター 69
同意書 93
錯乱 117

虐待　141
蘇生術　163
レセプト　187
越境　211
終末期　235
エピローグ　259
解説　上野千鶴子　262

救命センター「カルテの真実」

プロローグ

早いもので、東京の下町にある救命救急センターから、そこで垣間見られる人間模様を「救命センターからの手紙」として差し上げ始めて、かれこれ二十年の歳月が流れてしまいました。

幸か不幸か、小生、今でも同じこの下町の救命センターで、しかも部長なんぞという何とも面はゆい肩書きを頂戴して、ぐずぐずと生き続けております。

すっかりご無沙汰をしてしまいました。

そうそう、二十年前といえば、あの未曽有の災害となった阪神・淡路大震災(一九九五年)の時でした。

東京都から派遣された医療救護班としての仕事が終わり、メリケンパークの仮設ヘリポートから飛び立ち、機上の人となりました。その時、窓の外に見えた破壊された神戸の街と寒々とした六甲の山並みを背景に、救命救急センターというところに渦巻いている「まさか」という思いを綴ったのが、最初の手紙になりました。

その後、多くの人間が抱いていたはずの「もし東京で同じことが起きたら」という大きな不安が、いつしか日々の暮らしに流されてその意識の中から消えつつあった頃、神戸の時と同じ、最大震度7という新潟県中越地震（二〇〇四年）が起きてしまいました。今から十一年前のことになります。

その後も、能登半島地震、新潟県中越沖地震、岩手・宮城内陸地震と、最大震度6強の大きな地震が続き、いよいよ日本列島がその活動期に入ってきたのではないかと言われ始めた矢先、四年前の三月十一日、日本の地震観測史上最大のマグニチュード9と推測される、巨大津波をもたらしたあの東北地方太平洋沖地震（二〇一一年）が起きました。

東日本大震災と称されたこの災害は、戦後最悪の震災と言われ、加えて、不幸にも原子力発電所の事故までもが引き起こされてしまったのです。

その後、この地震の余震も含めて、東京を中心とした関東地方では地震の回数がめっきりと増えてきました。

一瞬、心臓が凍りつくような緊急地震速報なるものが、深夜の病棟に響き渡ったことも、一度や二度ではありません。

今度こそはこの東京を中心とした首都圏がやられる、しかも、その震源が東京湾北部ということにでもなれば、間違いなく壊滅的な被害を被るであろうと予想されているのが、我が救命センターのある下町あたりです。

隅田川の東側に広がるこの地域は、両国、本所、深川、向島、錦糸町、亀戸などといった、何とも小粋な、風情のある江戸の名残をあちらこちらに留めていますが、一帯はまた江東ゼロメートル地帯とも呼ばれ、昔の出水の跡も方々に残っているようなところなのです。

さて、そんなところに、なんと、自立式では高さ世界一という電波塔が、東日本大震災の翌年にお目見えしました。武蔵国にちなんだという六百三十四メートルの高さを誇るその塔には、「東京スカイツリー」というポップな名前がつけられました。

長引く不況に加えて、東北地方の大地震の余波からどんよりと沈み込んでいた地域が、「世界一」という謳い文句を起爆剤として、一気に浮上しようとの期待を誰もが抱いたものですが、しかし、実際のところはどうなのでしょうか、捕らぬタヌキのなんとやらに終わってしまわないことを願うばかりです。

実は、その新しくできた名所のおかげで、小生が身を置く名もない病院の場所を説明するのが、これまでと違ってずいぶんと楽になりました。

「もし、来るべき首都直下型地震で、あの東京スカイツリーが倒れてきたとしたら、ちょうど、その先端がかかるか、かからないかの辺りにある病院です」と。

あちこちからお叱りを受けてしまいそうな、不謹慎な軽口をたたくと、案の定、どなたも怪訝な顔をこちらに向けてこられます。いずれにしても、毎日、朝な夕な、あのクルクルと回る「粋」で「雅」なライトアップで光り輝く鋼鉄製のツリーを、間近から見上げるような位置にあることは間違いありません。

そういえば、五年後、半世紀ぶりに再び東京でオリンピックが開催されるのだとか。一方で、ここ数年のうちにも首都圏を襲う大地震がくるかもしれないという不気味な予測が声高に喧伝されている折も折なのに……と、小生、少なからぬ戸惑いを、正直、隠すことができません。

おっと、二十年来の不況を抜け出ようとするアベノミクスがいよいよ正念場を迎え、さらに、新しい都知事がいよいよ腕を振るおうかという時なのに、こんな弱気な物言いは、それこそ、お叱りを受けてしまいそうですね。

いやいや、何のことはない、自分がずいぶんと年齢を食ってしまったということを、きっと白状しているだけに過ぎないんだろうと思し召して、どうか、お聞き流し下さいますように。もちろん当方としては、年齢と経験を重ねて、いよいよ慧眼鋭くなってきたのに違いないとお察しいただけるのであれば、幸いなのですが……。

さてさて、愚にもつかぬ前書きが、ずいぶんと長くなってしまいました。

救命救急センターに話を戻しましょう。

救急医療における「最後の砦（とりで）」と称される救命救急センターなるものが世に出てから、すでに四十年近くが経過しました。

かつて、日本の救急医療体制の要として、人口百万人あたりに一カ所を目標として救命救急センターの整備が開始されたのですが、現在では、全国に二百六十六カ所を数えるまでになっています。

各々の施設で、運営上多少の違いがありますが、しかし、いずれの救命救急センターでも、収容するのは、原則として、重症・重篤な救急患者さんばかりです。

「救急」とは、少し難しく言うと、「突発・不測」に生じる病態、つまり、もともと普通に生きていた人が、予期せず突然具合が悪くなったりケガをしてしまったりという状況に陥ることを指しており、また、「重症・重篤」というのは、すぐに手を打たないと、あるいは、そのまま手を拱（こまぬ）いていると、生命に関わる状態になってしまうということです。

早い話が、突然、生きるか死ぬか、紙一重の瀬戸際に放りこまれてしまった患者さんが、救急車で担ぎ込まれてくるところ、それが救命救急センターだということになります。

そのせいでしょうか、はじめの頃は一般の人たちにあまりなじみがなく、「救命救急」なんぞと言うと、何か仰々しく、冷たく、おどろおどろしいところといったイメージがありました。

実際、「救命救急センターですか、そりゃ大変だ、あそこに担ぎ込まれたんなら、お客さん、大半の人は、生きて出てこられませんからね」というのが、当院で客待ちをしているタクシードライバーたちの口癖だったのですから。

しかし、様々なドキュメンタリーやトレンディー俳優を主役に据えたドラマなど、この間、テレビをはじめとする多くのマスコミに取り上げられたりすることで、救命救急センターなるものが、ずいぶんと広く世間に知られるようになってきたようにも思います。

そうした救命救急センターが扱うべき患者さんたちは、しかし、時代によって大きく変化してきました。

救命救急センターが各地に登場したのは、戦後の高度経済成長期、その負の象徴である交通事故が増加し、結果として、交通弱者と呼ばれる子供を中心とした歩行者の犠牲者が激増した、いわゆる交通戦争がピークを迎えた昭和四十五年以降のことで、当時の重症・重篤な救急患者の中心は、こうした外傷患者でした。

その後、一時減少した交通事故が、昭和五十年代半ばから再び増加、昭和六十年代前半には、交通事故による死者が年間一万人を超える第二次交通戦争と呼ばれる事態に陥りました。その頃の救命救急センターが取り扱う疾患は、引き続き外傷を中心とするものでしたが、やがてバブルと呼ばれる時代になり、それがはじけた平成時代になると、交通事故が減少していきます。

それにつれて疾患の中心は、くも膜下出血や脳卒中、急性心筋梗塞や大動脈解離といった、働き盛りの世代を襲う疾病に移っていきました。

同時に、救命救急センターが取り扱うべき最重症の病態として、「心肺危機」あるいは「心肺停止」と呼ばれる状態が注目されるようになってきました。

多くは急性心筋梗塞がその原因ですが、それまで動いていた心臓が、突然停止し、呼吸も止まってしまうという、ひと昔前だったら、それでご臨終と言ってもよかったような「心肺停止」という状態に対して、人工呼吸や心臓マッサージを施し、電気ショックを与えることによって蘇らせる「心肺蘇生」は、まさしく救命救急センターとしての腕の見せ所なのです。

そうした心肺停止状態の患者さんの蘇生率を向上させるために、選ばれて訓練された救急隊員に「救急救命士」と呼ばれる新たな国家資格が与えられるようになったのも、ちょうどこの頃のことです。

さて、平成も十年代に入ってくると、社会の高齢化が進んでくるのですが、それに伴い、救命救急センターに担ぎ込まれてくる患者さんのプロフィールも大きく変わってきます。

収容される患者さんの中に占める高齢者の割合が増加していっただけではなく、若い世代の交通事故などが減り、全体の中で、疾病を中心とした内因性疾患の割合が、大きくなっていったのです。

小生が身を置くこの下町の救命救急センターが設置されたのは、まさにバブル景気が幕を開けようかという昭和六十年のことでした。当初は、交通事故や労働災害事故といった外傷の患者さんが数多く運び込まれてきました。

そして、平成の御代(みよ)に入り、先ほどお話しした「心肺停止」の患者さんを含め、搬送されてくる患者さんの数が急速に増えてきます。当初は年間七百名ほどだったのですが、現在では、三倍以上もの数の患者さんを収容しなければならない状況です。

さらに、十年前と比較して、増加分の大半は、六十五歳以上の高齢者の方が占めています。それまで四十代から五十代だった入院患者さんの平均年齢が、七十代に跳ね上がっているのも当然と言えます。それを受けて、かつて、ほぼ同数だった外傷と疾病が、現在では疾病が外傷の倍以上、ということになってしまいました。

つまり、最近の救命救急センターには、病気の高齢者の方が、数多く担ぎ込まれてきているということなのです。

実は、こうした事態が、救命救急の現場に、新たな問題を生じさせているのですが、それについては、またの機会に詳しくお話しすることとしましょう。

さてさて、こんな下町に住んで三十年、街の様子をつぶさに目にしてきました。

その間、古い町工場やしもた屋が取り壊され、小綺麗なビルやマンションに建て替えられていき、やがてあの「東京スカイツリー」に象徴されるように、この下町の街並みも、ずいぶんと変貌してきました。

そうした街の変わりようもあってか、この下町の救命センターから垣間見える人間模様も、やっぱり、少しずつその姿形を変えてきているように思います。

そんなことをまた、少しなりともお伝えできればと考え、小生、くたびれかけている心と体に鞭をいれ、再び筆をとることにしました。

駄文ではあっても、どうかそれが、あなた様のお役にたちますように……。

孤独死

「『孤独死』って、そんなに不幸なことなのかな」

朝刊に目を通していた部長が、広げていた新聞を、そのまま医局のテーブルの上に置いた。

前夜の当直勤務の報告を受けるいつもの朝の申し送りと、病棟の回診が終わり、医局で一息、コーヒー・ブレイクというわけである。

「どうしたんですか、先生」

当直明けで少々疲れ気味の若い医者が、紙面を横目でのぞき込んできた。

そこには、「都会の悲劇」というタイトルの記事が書かれている。

一人暮らしの初老の男性が、自宅で遺体となって発見されたが、死後一ヶ月近くが経過している模様で、周囲の状況から、急病による死亡と判断され……。

「もともと、どうだったんですか、何か持病でもあったんですかね」

「さあて、そのあたりのことは、あんまり詳しくは書かれていないが……近しい係累も、いなかったようだな」

「だったら、どうして見つかったんですか」

「うん、月に一度、家賃を受け取りに来る家主が発見したらしい」

「そうですか、そりゃよかった」

「よかったって、何が？」

だって、自分のところは、家賃、銀行の引き落としですからねえ、だから、大家さんが定期的にきてくれるなんてことは絶対ないですから、見つかった時は、そりゃきっと、白骨死体になってますよ……。

若い医者は、くっくと笑った。

「そんな、つまんない話じゃないさ、いいかい、この記事の続きはこうだ」

……最近、都市部での住民同士の「絆(きずな)」が希薄になってきている。このような死に方はいかにも「孤独死」と呼ぶべきものであって、そうした不幸な事態を招いたのは、まさしく地域や行政の責任に他ならない……

「こんな風に書かれてるんだけど、これって、そんなに不届きな死に方なのかなあ」

部長は、ここんところだと指で示しながら、テーブルの上に広げていた朝刊を、若い医者の方に押しやった。

「だって、そりゃやっぱり、さみしい話だからじゃないんですかね、先生」

「そうかい？　俺なんかは、ずいぶんといい死に方だと思うんだけどな」

記事の字面を追っている若い医者を横目に、そう独りごちながら、部長は、冷めかけているコーヒーを口に運んだ。

「私だったら、最後は、こう、手なんか握られて、家族に見守られて逝きたいものですけどねえ」

若い医者は、さもそれが当然でしょうと言わんばかりに、紙面から顔を上げた。

「だからさ、そんなことをしてくれる家族がいないから、こんなことになってんだろ？」

手にしていたコーヒー・カップをテーブルの上に置きながら、部長が少しばかり苛(いら)ついた声を上げた。

「え、ええ……ま、確かにそうですよね、家族がいるにもかかわらず、一ヶ月もの間発見されないっていうことの方が、本人にしてみりゃ、よっぽどつらいですからね」

なんで部長が怒っているのか、訳がわからないといった風情で、若い医者が視線を横に逸らしながら応えた。

「いやいや、そうじゃなくてさ、おまえさんもわからん奴だな、ほんとに」

「はあ？」

「ほら、一昨日担ぎ込まれた、あの三号室の患者さんのことだよ」

＊

「えーと、次の患者さんは、六十代後半の男性、意識障害の方です」

前日に救命救急センターへ運びこまれてきた新入患者の情報を、その日の勤務者に申し送る、毎朝恒例のカンファレンスである。

昨日の当直医が、プロジェクターでスクリーン上に映し出されている電子カルテを、マウスで操りながらプレゼンテーションを続けた。

「一一九番の内容は、男性の居住者が、自宅のベッド脇で、俯せの状態で倒れているというものです」

「自宅は一軒家？」

「二階建てのアパートの一室ですね」

「同居人は？」

「一人暮らしのようです」

「じゃあ、いったい誰が発見したんだよ」

プレゼンテーションに耳を傾けていた部長の問いかけに、メールボックスから新聞が溢れているのに、部屋の灯りが点いたままになっていたとかで、さすがに新聞配達の人が不審に思い、近くの交番に届けたところ、警察官が大家と一緒に室内に入って、患者が倒れているのを発見したということのようだ、と、当直医が応えた。

「そうすると、最終生存確認から、いったいどれぐらい経っているの？」

「それについてはですね、誰も、はっきりとしたことは、わからないみたいですね」

大家によれば、患者に定職はなく、あまり外も出歩かず、近所づきあいもほとんどなかったようで、それに、入居して何年か経っているが、家族がいるという話はついぞ聞いたことがない、ということであった。

「なるほど、じゃあ、その大家さんと警察官が救急車を要請したってことか」

「ええ、救急隊が現場に到着した時、患者さんは、意識レベルは三〇〇（深昏睡）、下顎呼吸で、脈拍数が毎分五〇を切り、血圧は測定不能ということでした」

「そりゃ、まさしく虫の息ってやつだな、で、体温は？」

「現場では低すぎて、測れなかったようです」

救命救急センターの初療室に運びこまれた直後、患者がほとんど心肺停止状態に陥ってしまったので、蘇生術を施したところ、心拍数が増加、その後、全身を加温しながら様子を見ていると、徐々に血圧も上昇し、何とか移動ができる状態となったため、倒れていた原因を探るべく画像検査に向かったと、当直医は話を繋いだ。

「倒れていたのは、この所為かい」

スクリーン上に投影された患者の頭部のCT画像を見ながら、部長が口を開いた。

「はあ、そうですね、確かに、右脳にかなり大きな梗塞巣が認められはするんですが、だとしてもですね、倒れた日時も、前後の状況も正確なところがわかりませんので、さあて、この脳梗塞が原因なのか、それとも結果なのか、現時点では何とも……」

当直医のプレゼンテーションの歯切れが悪いのは、この患者が、いわゆる「発見系」だからだ。

救急医療とは、本来、「突発・不測」に生じたケガや病気に対応するものである。

ということは、救急病院とくに救命救急センターなどに担ぎ込まれてくる場合、患者は、何時から具合が悪くなったとか、何処でどうしてケガをしたかというように、患者自らが話せたり、あるいは、傍らに目撃者がいたり、また、そうではなくとも、発症時刻については明らかであったりするのが常である。

しかし、具合が悪くなった場所が自宅であったとしても、一人暮らしだとすると、患者本人の意識がはっきりしていない限り、それが何時からのことなのか、正確なことはわからない。

あるいは、家族と同居をしている場合であったとしても、「昨日の朝は、いつもと同じように、朝七時過ぎに朝食を一緒に食べましたが、夜帰宅した時、母はすでに就寝しており、今朝は、出勤時にはまだ起きていなかったので、母の顔は見ておりません。今晩帰宅してみて、母が寝室のベッドの中で意識を失くしていることにはじめて気がついたので、慌てて救急車を呼びました」なんぞと申告されたとすると、いったい何時から具合が悪かったのか、あるいは何時意識を失くしたものなのか、考えてみれば、実際とは丸二日近くもずれてしまうことがあり得るわけである。

また、家の外の路上で倒れているところを発見されたような時でも、そこがたまたま人通りの少ない路地裏なんぞであったりすると、これまた、何時間も、下手をすれば何日にもわたって、気づかれていないこともあり得る。

こうしたケースは、厳密には「突発・不測」の病態には当たらず、救急医療の、まして救命救急センターの対象外と言える。

しかし、病状が「重症・重篤」ともなれば、救命救急センター以外には引き受け手がなかなか見当たらず、また、可能性のことだけで言えば、実際の発症時刻が救急車が呼ばれた直前だったということもあり得るわけで、「突発・不測」に準じて、救命救急センターが対応するべきだとの考えにも一理ある。

いずれにしても、こうした直接的な目撃のない症例は、仲間内では「発見系」と呼ばれており、患者の診療をする上で最も重要な倒れた前後の正確な情報を得るために、家族から根掘り葉掘り話を聞いたり、あるいは、救急隊や警察官に現場の状況をしつこく尋ねたりするなど、どこぞの安物の二時間ドラマに出てくるような、刑事のごとき聞き込みをやらなければならない羽目に陥ってしまうこともある、救急医にとっては何とも悩ましいケースなのである。

「ところで、褥瘡はあったのかい？」

「はい、俯せで倒れていたため、顔面と、前胸部、それに両膝のところに、潰瘍を伴う結構な褥瘡がありました、倒れてから大分時間が経っているようですね」

健康な人間は、たとえ睡眠中であっても、同じ姿勢を保ち続けることはない。

しかし、万一、何らかの理由で、長時間動けない状態に陥ると、壁や床に接している部分に圧力がかかり続け、皮膚や皮下組織への血流が障害されることになる。

その結果、その部分に水疱ができたり、あるいは、さらに長時間の圧迫が加わると、そこが潰瘍となり、終には皮膚が黒く変色、壊死してしまい、その下にある骨が露出してしまうほどになることもある。それが褥瘡である。

寝たきり老人などによく見られる、背中の腰骨辺りにできる「とこずれ」は、その典型例である。

「なるほど、発見されるまでに長時間が経過しているんだとして、最初に倒れたのが、脳梗塞を起こして動けなくなったからだとすると、既往歴で、何かそれを裏付けるようなものがないのかい、例えば、心房細動とか、高血圧とか、糖尿病とか……」

「残念ながら、既往歴は全くわかりませんが、少なくとも心房細動はなさそうですね」

心房細動とは、不整脈の一種で、心拍のリズムが不規則になるのだが、それだけではなく、心臓の中の血液の流れにも乱れが生じ、そのために左心房内に小さな血の塊、すなわち血栓ができ、それが血流に乗って動脈の中を流れて行き、脳内の細い血管を詰めてしまうことがある。

これが心原性脳塞栓症と呼ばれるもので、詰まった動脈によって養われていた脳細胞が壊死してしまう、つまり、脳梗塞が引き起こされるのである。

もし、何か薬でも服(の)んでいて、その内容でもわかれば、それなりに見当がつくんですがねえ、と言いながら、当直医がマウスを操り、スクリーン上に患者の最新の心電図を映し出した。

「今は心房細動でなくとも、だけど、一過性や発作性の心房細動を起こした可能性は、確かにあるからなあ」

部長は、腕組みをしながらスクリーンを眺めた。

「もう一つの可能性としては、何らかの原因で意識を失くして倒れた後に、そのままの状態で時間が経ち、やがて体温が低下し、血圧も低下した、その結果、脳への血流が減少し、動脈硬化の強い部分の灌流圧(かんりゅうあつ)が低下したために、そこが梗塞を起こしてしまったというものです」

「何らかの原因って?」

「例えばですね、低血糖発作を起こしたとか、もともと、てんかんがあって、けいれんを起こしたとか、あるいは、泥酔して眠り込んでしまったとか……」

「なるほど、しかし、どれも決定的な証拠は見当たらないなあ」

そうだ、生活歴から見て、福祉事務所が介入している可能性があるから、そちらの方からわかるんじゃないか、と部長が当直医の方に向き直った。まさしく、刑事ドラマばりの執念である。

「それがですね、どうやら、生活保護などは受けておらず、大家さんの話では、どこかを定年退職した後で入居したらしく、経済的には、あまり困っている様子がなかったらしいんですよ」

おっ、悠々自適のリタイア世代か、いいよなあ、うらやましいよねえ……。

身につまされたような部長の切実なつぶやきに、若い医者たちは、しかし、何の反応も示さない。

「ま、原因にしろ、結果にしろ、脳梗塞を起こしていることは間違いないんだから、これからそれに対処す……」

「先生、実は、まだ先があるんですよ」

部長の言葉を遮りながら、当直医がプレゼンテーションを続けた。

「実は、画像検査を終える頃に、ですね、また脈拍が落ちてきてしまって……」

当直医の説明によれば、再び、蘇生術を行うとともに、脈拍が低下した原因を探ったところ、高カリウム血症によることがわかったため、直ぐに血中のカリウム濃度を下げる処置を行ったということであった。

カリウムというのは、人体に不可欠なミネラルであり、神経の働きに重要な役割を果たしている。

血液（血清）中のカリウム濃度は、通常、非常に狭い範囲の中で、ほぼ一定の値に保たれており、それが何らかの理由で異常値となると、神経系がコントロールしている骨格筋や心筋に重大な影響を及ぼす。

例えば、血中カリウムの値が正常より低くなる低カリウム血症という状態になると、重症の場合、手足の筋力が低下して立ち上がれなくなったり、筋肉に激しいけいれんを来したりする。

反対に、正常よりも高くなる高カリウム血症と呼ばれる状態に陥ってしまうと、心臓のリズムが乱れ、終には心停止に至ってしまうことがあるのだ。

「心電図の波形から、高カリウム血症を疑ったんですが、案の定、値が8・5を超えていましたので、直ぐにカルシウム製剤や炭酸水素ナトリウムの投与を始めました」

当直医は、その時は、ほんと、冷や汗ものでしたよ、と表情を強ばらせた。

「そうか、高カリウムによく気がついたと思うんだが、だけど、そうなった原因はいったい何だよ、もともと、腎臓に問題でもあったんだろうか」

再び、部長がスクリーン上のカルテを見つめた。

「いやあ、先生、それがどうやらクラッシュによるものらしくて……」

「何、クラッシュ症候群だって？」

部長の怪訝な声に、当直医が下を向いた。

「クラッシュって、どういうことよ？」

「はあ、それがですね……」

部長の問いかけに、当直医は、面目ないといった面持ちで話を続けた。

応急処置の結果、何とか脈の方は落ち着いてくれたのだけれど、画像検査を終え、救命救急センターの集中治療室に入室した後も、依然として高カリウム血症が続いているため、仕方なく血液透析を始めたというのである。

血液透析というのは、人工腎臓とも呼ばれる。

腎臓とは、ひと言で言えば、血液の中の老廃物や毒素を濾(こ)しとって、それを尿として体の外に排泄(はいせつ)する臓器である。その腎臓の働きが悪くなると、体内に毒素が溜(た)まって調子が悪くなるいわゆる尿毒症と呼ばれる病態を引き起こすことになるが、そうした腎臓本来の働きができない時、代わって血液をきれいに濾してくれるのが人工腎臓である。

イメージとしては、家庭にある浄水器を思い浮かべていただければよい。

蛇口の先にフィルターをつけて浄水を作るのと同様に、体内から導き出した血液を、特殊なフィルターに通して老廃物や毒素を除去し、そうして浄化された血液を再び体内に戻すような仕組みである。

実は、不要となったカリウムも尿中に排泄され、常に血中の濃度が一定に保たれているのであるが、腎臓の働きが低下していたり、あるいは、カリウムの値を急速に下げたりしたい場合は、この血液透析が最も有効な方法なのである。

「それで、日付が変わったあたりだったですかね、やっと血中のカリウム値も下がってきて、ようやく循環動態が安定してきた頃、左の下腿がパンパンに腫れていることに気がつきまして……」

患者の下半身にかけてあったタオルケットを、処置のために足下の方へ剝いだところ、ふくらはぎの太さに明らかな左右差があり、腫れている方の左側の皮膚にはシワ一つ見えず、全体が白っぽくなっていたというのである。

「コンパートになっちゃったんだな、そりゃきっと」

部長の指摘に、当直医は大きく頷いた。


コンパート、正しくはコンパートメント症候群と呼ばれる病態である。

下腿すなわち膝から下の足首に至るまでの間には、脛骨と腓骨という二本の骨と、足を上下左右に動かす働きを持つ筋肉がある。特に、ふくらはぎには腓腹筋やヒラメ筋という大きな筋肉があり、その先は太い腱になって踵の骨に付いている。これがいわゆるアキレス腱で、足を底屈すなわち下に向ける働きを持つ。また、俗に弁慶の泣き所と呼ばれる向こう脛のやや外側には、前脛骨筋という筋肉があり、その先は足の甲に付いている。こちらは足を背屈つまり上に持ち上げる働きがあり、こうした筋肉の作用で足を上下させ、歩いたり走ったりすることができるというわけである。

下腿にあるこれらの足を動かす筋肉は、大きく四つのグループに分けることができ、それぞれが筋膜と呼ばれる硬い膜で区切られている。この筋膜で区切られている区画のことをコンパートメントと呼ぶのであるが、このコンパートメントの中の圧力が、何らかの理由で通常よりも高くなっているのがコンパートメント症候群と呼ばれる病態である。

コンパートメントの中には、筋肉だけではなく、それを養う動脈や静脈あるいは神経なども走っている。このコンパートメント内の圧力が高まってくると、血管の中の血液の巡りが妨げられたり、神経が圧迫されたりすることになり、その結果、激烈な痛みを感じたり、逆に感覚が麻痺（まひ）したり、あるいは筋肉が壊死を来して、足が動かしづらくなったりしてしまう。こうしたことが、コンパートメント症候群の典型的な症状である。

さて、このコンパートメント内の圧力が上昇する原因には様々なものがあるが、日常的なものとして、スポーツによる筋肉の酷使や、骨折や打撲などといったものをあげることができる。

例えば、長時間のランニングなどで筋肉の収縮が繰り返されると、疲労による筋肉の腫脹（しゅちょう）が起き、容積が限られているコンパートメントの中の圧が高まることになる。また、歩行者が車にはねられたような時、車のバンパーが下腿に激しく当たり、脛骨や腓骨の骨折を招くのだが、折れた骨から出た血液がコンパートメント内に広がると、やはりその内圧が上昇する。あるいは、骨折にまで至らなくとも、打撲による筋肉の断裂や浮腫（むくみ）が、同様の現象を引き起こすことがある。

　こうしたことの他に、クラッシュ症候群（挫滅（ざめつ）症候群）によるものがある。かつて、あの阪神・淡路大震災の時、住宅が倒壊した現場で、下半身が崩れてきた梁（はり）の下敷きになって長時間身動きがとれず、しかし、その間は意識もあり周りの人間とも話ができていたのに、ようやく救助隊の手で梁が退（ど）けられて引っぱり出されたと思ったら、その直後に、あっという間に心臓が止まって不幸な結果になってしまったというケースが数多く見られたのであるが、実は、これが典型的なクラッシュ症候群の様態である。

　下肢などの筋肉が強い力で圧迫され、一時的に血液の巡りが途絶えているような時、圧迫されている組織が強いダメージを受け、その結果、いわば生体にとっての毒素がその部位に蓄積する。数時間そうした状態が続いた後で、圧迫が取り除かれ血液が再び巡り始めると、溜まっていた毒素が血液の流れに乗って、全身に広がっていってしまうことになる。

　カリウムもこうした場合の毒素の一つで、圧迫が解除されると、一気に血液中のカリウム濃度が上昇、先にも述べたように心臓を停止させてしまうのである。
運よくそうした事態を免れることができたとしても、しかし、ダメージを受けていた筋肉や組織は、血液の巡りが再開することで激しい浮腫を来し、それがコンパートメントの中で起こると、まさしくコンパートメント症候群を呈することとなる。

「で、この患者さん、なんで、クラッシュなんかになっちゃったんだよ」

「そこなんですよ、先生」

当直医は、患者の左の下腿を一瞥(いちべつ)した時、搬送してきた救急隊長の言葉を思い出したんです、と続けた。

……最初に接触した際、傷病者はすでに警察官や大家さんたちの手で、居室の真ん中で仰臥位(ぎょうがい)にされていたんですが、発見された時は、傷病者の左足が、ベッドとそのそばにあった整理ダンスとのすき間にはまり込んでいたので、そのタンスを動かしてから、患者さんを引きずり出したということでした……

「狭い間隙(かんげき)に、左の下腿が挟み込まれた恰好(かっこう)で俯せになっていて、その状態で長時間が経過してしまったために、結果的にそこがクラッシュ状態になったんだろうと……」

当直医は、最初は全く気がつかなかったのだが、そう考えると、病院に到着してからの急速な高カリウム血症や、それによりあわや心停止といった状態に至ったこと、さらにその後、左側の下腿にのみ著しい浮腫が生じたことなど、こうした一連の現象が矛盾なく説明できると話した。

すみません、もう少し、患者さんの発見時の状況に注意を払っておくべきでした、そうしていれば、CT室で心臓マッサージ、なんていうみっともないことにはならなかったと思いますので……と、当直医は頭を掻(か)いた。

「まあ、いいさ、しかし、よく気がついたな」

最悪の事態は回避できたんだから、そんなに落ち込むことはないよと、部長が当直医を労(ねぎら)った。

「で、左の下腿に対しては、その後どうしたの」

「はい、すぐに減張切開を置きました」

当直医は、左側の下腿の筋膜を切開し、コンパートメントを開放してその内圧を下げる処置、すなわち減張切開を施したと告げた。

「間に合ったのかい、減張切開の方は」

「さあ、どうでしょうか、おそらく倒れてから発見されるまでの時間がかなり長かったんだろうと思いますね、だから、むしろコンパートよりは、圧迫の影響の方が大きいんじゃないかと思いますが……」

　当直医は、減張切開後に確認された前脛骨筋やヒラメ筋の色調から、すでにかなりの範囲で下腿の筋肉の壊死が進行しているものと思われるが、しかし、減張切開の後、全身状態は安定しており、尿も出始め、追っつけ血液透析からも離脱できるであろうという見通しを付け加えた。

「さて、その次に収容された患者さんですが……」

＊

　そうそう、朝の申し送りが、まるで二時間ドラマの謎解きのようなプレゼンだった、あの患者さんのことですね、と若い医者は膝を叩いた。

　つまらない軽口には反応せず、部長が続けた。

「おまえさんは、どう思うよ」

「どう思うって、命を取り留めたんですから、そりゃ、喜ばしいんじゃないんですか」

「えーっ、喜ばしいってか、ほんとにそう思うのかい」

「だって、新聞配達の人でしたっけ、大家さんでしたっけ、とにかく、周りの人たちとの『絆』があったおかげで、まさしくこの記事に書いてあるような『孤独死』にならずに済んだんですから……」

よかったに決まってるじゃないですか、と若い医者は口元を緩めた。

「だけどさ、おまえさん、今の状態を見てみなよ」

コーヒーを一口含んだ後で、部長が続けた。

「確かに、白骨死体にはならなくて、命は取り留めたかもしれないけどさ、だけど、体中に何本ものカテーテルは入れられてるしさ、あちこちに褥瘡はできてるしさ、左足なんかは、減張切開のためにあちこちメスで切り裂かれててさ、大きな傷口がパックリと開いててさ、そこから腐った肉が顔を出してるんだぜ、しかも、そこんところをグリグリ処置されてさ、毎日血塗れになってんだぜ」

もちろん、コンパートの所為で、そんなことをされても、痛みはまったく感じてないかもしれないけど……。

吐き捨てるような部長の物言いに気圧されるように、若い医者が何回か瞬きをした。

「あの患者さんの、ああした病態に対して、救命救急センターの重症患者の集中治療を担っている医者としては、何も間違ったことはしていないと思うんですが……」

「そんなこたあ、わかってる」

突然の大きな声に、若い医者が、一瞬仰け反った。

「いや、別に、おまえさんを責めている訳じゃないさ、そうではなくてさ、あんな恰好を見て、おまえさん、何も感じないのかって聞いてるんだよ」

若い医者は、部長がいったいどういう答えを期待しているのか、些か測りかねるといった顔つきで押し黙った。

「じゃあ聞くが、おまえさん、あの患者さんの意識が戻ると思ってんのかい」

自分の気持ちを静めるように、ふうと一息吐いた後、部長が問いかけた。

「は、はあ……、ま、広範囲の脳梗塞ですしねえ、それに、一度心停止も来していますし、その前後でも、相当長い間、低血圧の状態が続いていたようですから、かなり難しいんではないかと……」

おそらく、人工呼吸器は外れると思いますが、意識まではどうでしょうか、と若い医者が、手をアゴの下にあてがいながら口を開いた。

「だけどさ、その間にもし、減張切開したところに感染が被ってくれれば、おまえさんたちは、きっと、左脚を落とそうって言うんだろ」

「そうですねえ、コンパートで、どうせ使い物にならない脚ですし、それが生命を脅かすともなれば、やっぱり切断しにいきますね」

若い医者の答えに、部長は眉を寄せて、大きなため息をついた。

「えっ、そうしないんですか、だって、ここは救命救急センターなんですよ、どんなことをしても、生命を助けなきゃならないところじゃないですか、それに、そうやって時間を稼いでる間に、うまくいけば意識レベルも改善するかもしれませんからねえ」

若い医者は、怪訝な顔をして見せた。

「おまえさんの言うことも、まあ、もっともだとも思うんだが、だけど、だな、それはきっと、違うと思うんだよ」

そう言って、コーヒー・カップを手に、椅子の背に深くもたれかかった部長が、独りごつように続けた。

……何が違うって？　うん、あの患者さん、一人暮らしをしていて、今回のように倒れたこと、「しまった」とは決して思ってないと思うんだよな、むしろ、「しめた」と思ってるんじゃないのかな、もちろん、元気だった頃の患者さんが、いったいどんな信条あるいは心持ちで毎日を送っていたのか、全然知る由もないから、これは、あくまで俺の勝手な思い込み、いや、患者さんと年恰好が近い俺としては、むしろそうであって欲しいという希望的観測ってやつなんだけど、それに、救命救急センターへ運ばれてきたことは、せっかく大家さんたちが骨を折ってくれたことなんだから、そのことをとやかくは思っていないと思うが、しかしそれは、おまえさんが言っていた周囲の人たちとの「絆」というのとは、やっぱりどこか違うと思うんだがなあ、それともう一つ、生命が長らえて、意識が少しでも戻ってきたとしたら、それは確かに、救命救急センターとしての自分たちの医療の力を誇ってもよいのかもしれないが、でも、その時にもし左脚が失くなってしまっていることを知ったとしたら、患者さんは、きっと、俺たちのことを恨むんじゃなかろうか、うん、そうだとしたら、その時に患者さんになんて言ったらいいのか、かけるべき言葉が俺にはわからないなあ、えっ、逆に、植物状態で残ったとしたら、どうするのかって？　それこそ、申し訳ないとしか言いようがないよね、もっとも、誰にそう言うのかが、問題なんだけど……。

椅子に座り直しながら、な、そうだろ、と部長が顔を上げた時、やれやれ、またいつもの年寄りの茶飲み話が始まった、とでも呆(あき)れたのか、そこに若い医者の姿は、すでになかった。

「おいおい、年寄りの繰り言ってやつにも、少しは耳を傾けろよな、味があるんだからさあ……ったく」

さてさて、巷間(こうかん)、「孤独死」の議論が喧(かまびす)しい由、こんな下町の救命救急センターの医局にも、その余波が伝わってきているようです。

刺創

「その節は、大変、お世話になりまして」

「はあ……どちらさま、でしたっけ」

我が救命センターの周りには、下町の盛り場が広がっているのですが、その中には隠れ家的な、ちょいとばかり小粋な居酒屋も数多くあります。

そんなところの救命センター暮らしが長くなれば、行きつけの赤ちょうちんも何軒かはできるというもの。その店の一つ、カウンターのいつもの席に腰を下ろし、手酌でチビチビやっていた時に、傍らのテーブル席に座っていた初老のカップルから声をかけられました。

「もう十年ほど前になります、先生に手術していただいたお陰で、何とか、命拾いしました」

「そ、そうでしたか、それはそれは、どうも……」

「神の手」やらと自称する医者を揃え、全国あちらこちらから患者を集めて名を馳せている病院とは違い、救急医療というのはまさしく地域医療、いわば地場産業と言うべきもので、救命救急センターは地域密着型医療機関の最たるものと言えます。

当然のことながら、担ぎ込まれてくる患者さんのほとんどが近隣に住んでいらっしゃる方であり、住所を聞けば、その町並みがすぐに目に浮かぶようなところばかりです。

そうした範囲は、東京で言えば、せいぜい、救急車で走って二十分内外といったところでしょうか、ま、もっとも、そのエリアの中に住んでいる住民の数は、と言うと、さすがに大都会東京だけのことはあって、この下町の救命センターの場合で申し上げると、約百五、六十万にも上ります。

そうした事情のためでしょうか、我が救命センターのスタッフの中には、救急車から降ろされてきた患者さんが、同じ町内会の顔見知りだったり、あるいは、退院後に道でばったり、なんぞということを経験したりするものがおります。また、拾ったタクシーのドライバーが、自分の診た患者さんだったということも、時折、耳にいたします。

以前にもお話ししたように、我が救命センターには、年間に二千名を超える患者さんが運びこまれてきます。その内の何割かの方は、生命を落として霊安室に送られることになってしまいますが、しかし、治療が功を奏し社会復帰される方も、もちろん、数多くいらっしゃるのです。

そんな状態ですから、突然名前を言われても、それも、十年前のことです、なんぞと聞かされると、当方のガタが来始めている脳味噌の、記憶の中から俄に思い起こすことなど至難の業、ましてアルコールが入っていたりすると、それこそ雲をつかむような話になってしまうのですが、とは言え、医者なんてものは所詮は客商売、そこは愛想笑いを浮かべながら、無理やり話を合わせるしかありません。

「で、何のご病気……でしたっけねえ」

　頭を掻きながら、何とも間のぬけた顔で返します。

「いやあ、まったくお恥ずかしい話でして……包丁で、自分の腹を……」

おいおい、よりによって割腹かよ……交通事故かなんかだと言ってくれりゃあ、そりゃまだ、合わせられる話もあるってものなんだが……。

「は、はあ、そうでしたか、いや、まあ、それで命が助かったんなら、そりゃあ、よ、よかったですよね、まったく、真夜中に長時間の手術をやった甲斐がね、ハハハ、あったっていうものですよ、ねえ」

　それじゃあ、私はこれで……と言って、酔い心地もそこそこに、赤ちょうちんを後にします。

　さてさて、こんな時に、いったいどんな振る舞いをすればよいのか、正直、この年齢になってもわかりません。

あんた、俺の腕がよかったから助かったんだぜ、感謝しろよ、なんぞと嘯けるほどの

「神の手」であるはずもなく、はたまた、いいかい、人生ってえのはだな……と、どこぞの評論家よろしく、他人様に説教を垂れることができるほどの立派な人生を送っていないことは、百も承知しているのですから。

おそらく、十年前は、あるいは、こんな具合だったかもしれません。

「放っておいてくれ」と喚き散らす患者さんを、無理やり押さえつけ、叱咤しながら、もちろん、意識が残っていた場合の話ですが、大わらわで手術室になだれ込み、麻酔が効いてくるのもそこそこに、腹を上から下まで切り開き、包丁で裂かれた肝臓を縫い合わせ、千切れた腸を何カ所も切除し、流れ出てしまった血液を大量の輸血で補います。そんなこんなで、どうにかこうにか命を繋ぎ、ご飯が食べられるようになったら、患者さんを元の生活に戻します。

こうしたことは、救命センターの外科医にとっては、どうってことのない一連の流れなのですが、よかれと思って無我夢中でやってきたことが、しかし、実際のところ、患者さんのその後の人生に、いったいどれほどの功罪をもたらしているものなのか、逞しく想像を巡らしてみると、それこそ背筋が寒くなってしまうこともあるのです。

もちろん、入院している間に、割腹自殺を企てるに至った理由を探り、要すれば精神科医や、あるいはソーシャル・ワーカーといった多くの人間が介入し、その上で退院という運びにはなっているのですが、しかし、そうした対応をとったとしても、やはり、通り一遍の感は拭いきれず、その後の患者さんの人生に思いを致すことも、あるいは、深く関われる訳でもなく、結局のところ、その患者さんの存在は、やがて、我々の記憶の中から消え去っていきます。

しかしながら、この患者さんの場合は、妻とおぼしき女性と、仲睦まじく夜の居酒屋を訪れていたのですから、この十年の間に、きっと、ああ、あの時、死ななくて本当によかったなと思えるような、そんな境遇に至ってくれたのだろうということぐらいは察しが付きます。

が、それを、こちらから根掘り葉掘り、詳しく聞き出そうなんぞということは御法度です。触らぬ神に何とやら、妻だと思った女性は、実は全く別の、訳ありの存在であったりするかもしれないんですから、これが……。

そう言えば、かつて、こんなことがありました。

患者さんは、愛人宅の鴨居に細いヒモを通し、首を括っているところを、その愛人によって見咎められた中年の男性でした。

きっと発見が早かったのでしょう、愛人の一一九番で現場に駆けつけた救急隊が、患者さんを鴨居から下ろし、首に巻かれたヒモを切断した時には、呼吸はほとんど止まっていましたが、脈はまだ、十分力強く打っていたのです。

救命センターに担ぎ込まれた時は、しかし、昏睡状態のままで、呼吸もまだ不安定であったために、人工呼吸器に繋がれる羽目となり、その後、集中治療室に入ることとなりました。

どうやらこの患者さん、妻と愛人との三角関係に耐えきれず事に及んだらしいのですが、残念ながら目論見（もくろみ）は失敗し、この世に留まることになってしまいました。

ただ、首を括ったことで窒息状態となり、一時的にせよ、脳に酸素が供給されなかった時間があり、このまま意識が元通りに回復してくれるかどうか、予断を許さないと判断した主治医は、いわゆる植物状態（遷延性意識障害）で残ってしまう可能性があるという旨を説明するべく、集中治療室脇の控え室に出向いたところ、なんと、そこには件（くだん）の愛人と本妻とが、一つソファーの上に腰を下ろしていたのです。

面食らう主治医をよそに、並んで説明を受けた二人は、いずれも落ち着いた表情で口を開きました。愛人曰（いわ）く、「先生、あの人、なんとか命だけでも助けてやって下さい」、一方、本妻曰く、「あんなのは、もう、殺してしまって下さいな、先生」……。

この話、実は、後日談があります。

とにもかくにも、主治医が精力的に集中治療を続け、それが功を奏したのでしょう、人工呼吸器もすぐに外れ、数日後には、患者さんの意識も完全に回復したのです。

しかし、困ったことに、いえ、幸いなことに、と言うべきでしょうか、やはり脳への酸素不足の影響が認められ、患者さんは、この間の記憶を完全に喪失してしまっていたのです。つまり、自ら首を括ったこと、そしてそれが未遂に終わり、この下町の救命センターに担ぎ込まれてきたことを全く覚えておらず、そもそも、何で自分が首を括らなければならなかったのかということが、意識の中からすっかり抜け落ちてしまっていたのです。

ある日の面会時間、ベッドの両脇に愛人と本妻が立ちすくんでいる前で、何事もなかったように新聞を広げて読んでいた患者さんの、その首に残っていた少し赤黒い絞扼痕を、今でもはっきりと思い出すことができます。

患者さんは、その後、無事に退院されていったのですが、しかし、実生活に戻った後で、どんな修羅場が展開されたのか、あるいは、新たにどこぞの救命センターに担ぎ込まれるような流血の惨事が引き起こされたのか、はたまた、急転直下、ハッピー・エンドを迎えたのか……残念ながら、我々としては、知る術がありません。

ま、もっとも、そんな不幸せな、いえ、命拾いをした幸せな男の顚末など、我が身に引き寄せれば背筋も凍り付きそうで、詳しく知りたくなんぞもありませんが……。

＊＊

「傷は？」

「心窩(しんか)部に一カ所、それと、前頸(ぜんけい)部に一カ所あります！」

「脈、血圧は？」

「心拍一二〇、血圧七〇！」

救急隊のストレッチャーから、救命センターの初療室の処置台の上に移された傷病者は、年の頃なら七十代だろうか、白髪まじりの前髪が額に躍り、痛みによるためか、苦(く)悶(もん)に満ちた表情で瞼(まぶた)を固く閉じ、ウ～ウ～という濁った声を発している。

その唸(うな)り声(ごえ)に合わせて、前頸部の傷からは、泡沫状の血液が噴き出ている。おそらく、気管が損傷されているのだ。

「わかるかい？　目を開けて！」

処置台の頭の側に立っている若い医者が、その耳元で大声を出しても、傷病者は応えない。

「よし、挿管するぞ！」

指揮を執る外科医が、若い医者に気管挿管の指示を飛ばしながら、心窩部すなわち鳩(みぞ)尾(おち)のあたりにある長さ二センチほどの傷口から、金属の鑷子(ピンセット)を体内に差し込んだ。

「深いな、こりゃ、いってるぜ」

外科医の差し込んだ鑷子が、心電図モニターの音に同期して、細かくリズミカルに動いている。刃物による創(きず)が心嚢(しんのう)内に達していることは間違いない。

「超音波(エコー)だ！」

別の若い医者に命じながら、外科医は院内PHS(ピッチ)を耳に当てた。

「あ、手術室(オペ)？　救命センターだけど、これから緊急をお願い、えっ？　そうそう、外傷だ」

どれぐらい時間の余裕がありますか、というオペ室からの問いかけに、外科医は声を荒らげた。

「おそらく心臓(ヘルツ)がいってる、すぐに入るぞ！」

オペ室からの返事がくる前に、外科医はPHSを切った。

「先生、タンポナーデになってますね、心嚢内にかなり溜まってます！」

「胸腔(きょうくう)内はどうだ、血胸(けっきょう)になってるか？」

「いえ、血胸にはなってませんね、両側とも」

「よし、それなら何とかなる、急ぐぞ！」

言うまでもなく、心臓は全身に血液を巡らせるための、強靭(きょうじん)な筋肉でできたポンプであり、その中は四つの部屋、すなわち、左右の心房と、左右の心室に分かれている。

このポンプ作用により、血液はまず、全身の静脈から右心房へと戻り、次に右心室、さらに肺動脈へと流れ込み、肺の中を流れていく。その間に、血液に酸素が供給（酸素化）され、同時に血液中の二酸化炭素が放出される。酸素化された血液は、肺から肺静脈へと流出し、左心房に至る。その後、左心房から左心室に流入し、最後は、左心室から大動脈へ駆出（くしゅつ）され、血液は全身の組織に送り込まれていく。

ちなみに、酸素化されている動脈内の血液は鮮紅色をしており、全身に酸素を供給したあとの静脈内の血液は、暗赤色を呈している。つまり、通常、左心系と呼ばれる左心房および左心室内には、酸素化された真っ赤な血液が流れており、右心系の右心房および右心室内には、酸素が枯渇したどす黒い血液が充満しているということになる。

さて、その心臓であるが、体の外からはもちろん見えないのだが、その表面のほとんどが心膜という薄い膜で覆われている。もし、上手に胸板を剝がすことができたとすると、動いている心臓が、まるで、魚卵の中で蠢（うごめ）いている稚魚のように、この薄い心膜を透（とお）して見えるはずである。

この心膜は、実は、二枚の膜でできており、内側の膜すなわち心臓側の膜を心外膜と呼ぶ。この心外膜は、心臓の筋肉の表面に密着しているが、大動脈や大静脈が心臓に繋がっている部分で折れ返っており、そのまま外側の心膜へと移行していく。従って、正確には、心臓は薄い膜でできた袋（心嚢）で覆われているということになる。

この心嚢の中には、通常、極少量の粘液（漿液（しょうえき））だけが存在するのだが、それが潤滑油のように働き、二枚の膜が滑らかに擦れ合うことができる。それにより、心臓がスムーズに収縮と拡張を繰り返すことが可能となるのだが、もし、心嚢内に粘液以外のものが大量に貯留してくると、特にそうした状態が急激に引き起こされた場合、心臓が圧迫され自由に拡張することができなくなり、そのため、十分な静脈血を心臓内に戻すことができず、結果、心臓が送り出す血液の量すなわち心拍出量が急速に低下する。

この状態が心タンポナーデと呼ばれる病態で、患者はショック状態を呈し、早急にこの状態を解除してやらなければ、心停止にまで至ってしまうことになるのだ。

救命センターのあの外科医は、刃物によって心臓と心外膜が傷つけられ、心嚢内に流出した血液により心タンポナーデを起こしていると判断したのである。

「で、どんな状況だったの？」

手術にあぶれてしまった当直医の一人が、電子カルテのキーボードを叩きながら、救急隊の隊長を促した。

当直の外科医たちが、脱兎のごとく、件の患者を手術室に運び出した後の初療室の床には、血塗れのガーゼが散乱し、さっきまでの喧噪がまるで嘘のように、室内には空調の音だけが低く響いている。あたりの空気が、少しばかり血腥い。

「はい、一報は一一〇から入りました、公園内で、男性が胸から血を流して倒れているというものです」

救急隊が現場に到着した時、傷病者は公園の入り口近くのベンチの脇に倒れており、何人もの警察官が周りを取り囲んでいて、騒然としていたとのことであった。

そう語る救急隊長の傍らには、「機捜」と記された腕章を巻いた警察の捜査員とおぼしき若い男性が、中綴(なかと)じのノートとボールペンを握りしめて立っている。早朝のジョギングを日課としている男性からの通報だったと、その「機捜」が付け足した。

「脈は橈骨(とうこつ)動脈でも触知できたのですが、顔面蒼白(そうはく)で、シャツに相当量の血液が付着していました」

救急隊長は、明らかに刃物による傷と判断し、損傷部位から、搬送先を救命救急センターとしました、と語った。

意識レベル、瞳孔、血圧、脈拍、酸素飽和度などの、現場での傷病者の状態を聞き書きしていた当直医が、電子カルテの画面から顔を上げた。

「それで、そもそも、自分でやったのか、それとも誰かにやられたのか、いったいどっちなの？」

「はあ、それがですね、現場でもさっきと同じで、やはり、唸り声を上げているだけで、傷病者本人から、事情を聞くことができませんでした」

現在のところ、目撃者も見つかっておらず、凶器についても、まだ発見されていない、と「機捜」が救急隊長の言葉に被せた。

「とすると、誰かにやられたのか……」

当直医は、確かに、躊躇い傷のようなものはなかったものなあ、と独りごちながら腕を組んだ。

「だけど、加害行為だとすると、心臓と喉笛、いずれも急所を狙ってるんだから、殺意がありありってこと、だよね」

同意を求めるように顔を向けると、しかし、加害によるものだとすると、普通は、手のひらや肘のあたりに防御創のようなものが認められるが、そうしたものはなかったからと、「機捜」は手元の大学ノートに視線を落とした。

「なるほどね、だとすると、やっぱ、自分でやったのか、それとも、相手が相当の手練れだったのか……傷病者の状況からだけでは、どちらとも断定できないっていうことね」

当直医の言葉に、現在、自傷、加害の両面で捜査を行っている、と「機捜」が応じた。

「で、身元は？　特定できてるの」

服装は小綺麗で、公園を根城にしている路上生活者という風には見えず、容貌からは、おそらく七十がらみだろうと思われるが、残念ながら身元を示すものは何も身につけておらず、まだ不明のままだと、「機捜」が答えた。

「そうか、どちらにしても、家族がいるっていうなら、早いとこ連絡しないと、間に合わないかもしれないよ」

電子カルテを閉じ、椅子から立ち上がった当直医の物言いに、「機捜」が一瞬、顔色を変えた。

「危ないんでしょうか、先生」

「そうね、鳩尾の傷が、おそらく心臓に達しているので、最悪のことがあるかもよ」

傷の具合とかの詳しい状況は、手術が終われば話すから、とにかく早く、身元の確認と関係者を見つけて……そう、言い残して、当直医は初療室を後にした。

その頃、手術はすでに佳境に入っていた。

手術台に移された患者は、麻酔がかかるのもそこそこに、胸の真ん中の皮膚をメスで切開された。執刀医が、その下にある胸骨を、電動のこぎりで縦に一気に割ると、薄い膜を透して、どす黒い血液の塊が見えてきた。

「開けるぞ、血圧、見ててくれ」

その薄膜すなわち心膜を剪刀で割いて心嚢を開放すると、ゼリー状に固まった血腫が術野に迫り上がってきた。その途端、それまで七〇あたりをうろうろしていた血圧が一二〇ほどに跳ね上がった。心嚢内の多量の血腫によってその動きを制限されていた心臓が、本来の力強い拍動を取り戻したのだ。心タンポナーデの状態が解除された瞬間である。

「さあて、傷は、どこだ？」

心臓の表面にへばりついている血腫を剝がしていくと、心尖部すなわち心臓の先端に近い辺りから、その拍動に合わせて、太さ五ミリほどの血柱が上がった。鳩尾から入った刃物が、心臓の前壁を貫いていたのである。その血柱の色はどす黒く、明らかに静脈血の色であり、傷が右心系すなわち右心室の壁にあることを示している。

それはちょうど、水を満たしたビニール袋を手に持ち、千枚通しで突いたようなものである。その穴から水が、線となってピューと噴き出してくるように、血液が充満している心臓からは、その拍動に合わせて、血液が迸り出てくる。

「ありゃ、こりゃまるで、噴水ですね、先生」

「いいから、そこんところ、早く指で押さえろ」

分厚い筋肉でできている心室に穴が開いた場合、その大きさにもよるが、収縮時には、むしろその穴が絞られて塞がれるような形になり、結果、連続的に出血するのではなく、ビュッ、ビュッと、断続的に噴出するように見えるのだ。

「『噴水』というよりは、まあ、『間歇泉』だな」

執刀医は、心嚢内の血腫がその間歇泉に蓋をするような恰好になって出血を抑えてくれるので、心臓刺創の場合、むしろ、心タンポナーデの状態になってくれている方が助かる可能性が高いんだぜ、と講釈を垂れながら、若い医者が指で押さえていた穴に対して、心臓の拍動に縫い針の動きを合わせつつ、フェルト地の当て布を使った縫合処置を、手際よくこなしていった。

「さあて、次は、気管の方だけど……」

縦に割った胸骨を、ワイヤーを使って縫い合わせ、前胸部を閉じ終えた後、執刀医は無影灯の光を前頸部の傷に合わせた。


「はい、お疲れ、で、どう、何とかなりそうなのか」

朝の申し送りが終わり、医局で一服していた部長のところへ、執刀医がオペ着姿で報告にやってきた。

「ええ、先ほどオペ室から病棟に戻ったんですが、すぐに、人工呼吸器からも離脱できると思いますね」

幸い、心臓の傷は右心室の前壁のみで、冠動脈の損傷もなく、気管の方もこれまた前頸部の皮膚直下の前壁だけでしたので、いずれも縫合だけで終わりました、と執刀医は説明を加えた。

「輸血は？」

「四単位だけです」

急所を二カ所も刺されて、それだけで済んでるっていうのは、ほんと、そりゃラッキーだったよな、と言いながら、部長はコーヒー・メーカーのスイッチを入れた。

「やっぱり、やられたんですか、それじゃ」

「えっ？　そうじゃないんだっけ」

手術中の話では、まだどちらとも、ということだったんですが、そうですか、この辺りも、近頃は物騒になってきましたよねえ、と言いながら、執刀医は自分のコーヒー・カップを医局の食器棚から取り出した。

「いやいや、それなら俺の勘違いかもしれん」

申し送りをいい加減に聞き流していた所為かな、と部長は頭を掻いた。

「まあ、いいじゃねえか、どちらにしても、人助けになったんだ」

加害にしろ、自傷にしろ、おまえさんの手術のお陰で、あの患者さん、命拾いができたんだから……と、部長は執刀医を労いながら、でき上がったコーヒーをカップに注いだ。

「だけど、当直の時の明け方からの手術は、ほんと、疲れっちゃいますよね」

部長の言葉に苦笑いを浮かべながら、執刀医は、コーヒー・カップを口に運んだ。

手術を執刀したその外科医が、部長のところへ再びやってきたのは、当直明けの仮眠を少しばかりとった、その日の夕方遅くであった。

「術後はバイタルサインも安定し、呼吸状態も問題がないという報告が若いのから入ったんで、醒(さ)ましにかかったんですよ、そしたら……ですね」

意識が回復していることを確認し、人工呼吸器を外し、呼吸管理のために気管内に挿入してあるチューブを抜くと、普通だったら、苦しそうに咳(せ)き込んで、言葉にもならないところだが、この患者の第一声は、絞り出すような「こ、殺した」というものであった。

「殺したって、いったい、誰を?」

「それがですね、自分の女房だって、言うんですよ」

「な、何だって?」

**

病院からの連絡を受けた警察が、患者の申告に基づいてその自宅を急ぎ捜索したところ、寝室のベッドの上に、妻の絞殺死体が横たわっていたということでした。傍らには、血糊(ちのり)の付いたペティナイフが落ちていました。

後になってわかったことですが、ここ何年間か、理由は不明ですが、妻はほとんど寝たきりの状態だったようで、夫である患者が、一人で介護をしていたとのことです。

警察は、現場の状況から、介護に疲れた夫が無理心中を図ったものと判断し、集中治療室を出された翌日から、患者のベッドサイドに警察官が張り付くことになりました。

一転、殺人の容疑者となってしまったわけです。

その後、傷の方は順調に回復し、十日間ほどのリハビリテーションを行い、退院という運びになりました。正確に申し上げると、逮捕状が執行されて、患者は警察に連行されていってしまったのです。

さて、このケース、いくつかの疑問が残ります。

優秀な日本の警察が、その日の夕方になっても、患者の身元や住所を、なぜ、特定できなかったのか。

患者の自宅は、発見された公園から数ブロック先の、区境を越えたところにありました。どうやら、患者は必要以上の外出をせず、地域の中で、その存在がほとんど知られていなかったようなのです。

それに加えて、身元が明らかになった後も、実は、病院には、誰一人、面会に訪れた人はいませんでした。

患者が殺人の容疑者になってしまったのですから、おいそれと見舞いにやってくるなんぞということは、確かにないかもしれませんが、しかし、子供や兄弟姉妹などといった係累でもいれば、普通なら、何をおいても駆けつけてくるところでしょうから、この夫婦は、ほんとに二人きりで、世間から身を隠すようにして、ひっそりと生きていたということなのかもしれません。

加えて、この夫は、このような事態に追い詰められるまで、行政の介護サービスのようなものを、どうして受けようとはしなかったのでしょうか。

いずれにしても、まるで、そこに夫婦が存在していなかったかのように見えるのです。

もう一つの疑問は、患者は本当に無理心中をしようとしていたのか、つまり、自分も本当に死ぬ気だったのかということです。

もちろん、心臓と喉笛という急所に、自らペティナイフを突き立てているのですから、その意思は疑うべくもありませんが、しかし、正直、傷の深さからいって、少し中途半端であるような気がしなくもないのです。

十日間近くこの患者と接する中で、このような素朴な疑問を患者に直接ぶつけることは、しかし、さすがに憚(はばか)られました。

傍らには、常時、警察官が張り付いていましたし、何よりそうしたことは、救命救急センターの医者の任ではありません。我々の役割は、原因が何であれ、傷ついた心臓や気管を修復すること、そして、傷病者が元通りの安寧な生活を送れるようにすること、なのですから。

しかし、だとしたら、実際のところどうでしょうか。

我々がこの患者にもたらしたものは、ひょっとすると、警察での厳しい取り調べと、その後、自分たちのことが裁判を通じて世間の眼に晒(さら)されるという、患者が最も避けたかったことであるかもしれません。

あるいは、裁判の結果、どんな罰を受けることになろうとも、結局のところ、この患者に残されるのは、最愛の人がいなくなったという事実と、その最愛の人を自分が手にかけてしまったという、抗(あらが)いようのない、そして救いようのない記憶だけなのだと申し上げれば、少し言い過ぎでしょうか。

「しかし、あの時の手術場でそんなことを斟酌(しんしゃく)することなんか、できるはずもないじゃないですか！」

もちろん、それが加害によるものなのか、自傷によるものなのか、まして、それが無理心中によるものなのか、神ならぬ身にすれば、わかろうはずがありません。

だから、決してあの執刀医を責めたりしているわけではないのです。

ただ、医者である自分たちが、よかれと思って、あるいは人助けだと思って一生懸命にやっていることが、何のことはない、実は、患者にとっては災いを招くことにしかなっていないという、ある意味、皮肉で滑稽な現実があるということを知っておいてほしいのです。

何故(なぜ)なら、救命救急センターというところが、人間の業(ごう)の吹きだまっているところだから……なんていうのは、少しばかり、すかしすぎでしょうか。

それでは、また。

リピーター

「先生、現場の救急隊から、助言の要請です」

「はいはい、何でしょうか」

救急管制センターの指令官からの指示を受け、救急指令台のヘッドセットを耳に当てながら、救急隊員からの応答を待ちます。

東京都内に出動する救急車の、いわば元締めである東京消防庁の救急管制センターには、常時すなわち三百六十五日二十四時間、「救急隊指導医」というネームプレートを胸につけた、白衣姿の救急専門医が詰めています。

東京二十三区内の救急現場に出場している各々の救急隊に対して、その求めに応じて、心肺停止患者に対する特定行為（特殊な器具を用いての気道の確保や気管挿管、あるいは強心剤であるアドレナリンの投与などといった、特別に教育された救急救命士という国家資格を持った救急隊員のみに許されている医療行為）の実施可否の判断を下したり、傷病者の病態判断やそれに基づく搬送病院の選定などに関するアドバイスを、オンラインで、かつリアルタイムで行うのが、救急隊指導医の主な役割です。

こうした指導医は、都内にある救命救急センターの救急専門医たちが持ち回りで担っており、我が下町の救命センターにも、月に何度か、その役割が巡ってくるのです。


「先生、傷病者の医療機関への搬送の可否について、助言をお願いします」

ヘッドセットの向こうで、救急隊長が状況を報告します。

「傷病者は六十代の男性、居酒屋で飲食中、突然血を吐いたということなんですが」

「吐血の患者さん、ということね」

「はい、それがですね、ご本人が、どうしても医療機関には行かない、と強くおっしゃいまして……」

傷病者本人の望むとおり、「不救護」すなわち傷病者を救急病院に搬送することなく、現場から引き揚げてしまってもよいものかどうか、指導医の判断をお聞きしたい、というのが、救急隊長の上申内容です。

「吐血の量は？」

「コップに一杯程度、でしょうか」

「バイタルは、とれてるのかい」

「バイタルサインについては、ご本人が、血圧等の測定を拒否されておりまして……多少の飲酒はされているようなのですが、ただ、意識ははっきりしており、自ら歩行することも可能です」

「過去に血を吐いたことは？」

「残念ながら、既往歴を何度お尋ねしても、お答えいただけないんですよ」

「そうなのか、で、いったい誰が救急車を呼んだんだい」

「はあ、一一九番は、店のご主人からです」

救急隊長は、吐血の原因として考えられる病態や、それをそのまま放置すると非常に危険な場合があるということを、繰り返し傷病者に説明しているのですが、病院への搬送を頑なに拒まれているんです、と続けました。

その救急隊長の後ろでは、少しばかり調子っぱずれの、黄色い啖呵が飛んでいます。

――好きで酒ぇ飲んでて、いったい何が悪い、自分の体のことは、自分が一番よく知ってんだ、救急車なんぞに用はない、さっさと帰りやがれ、この野郎！

どうやら、初期消火に失敗し、火が天井にまで燃え移ってしまったようです。こうなると、もう手がつけられません。救急車の横っ腹に、一つ二つ、大きな凹みをつけられるぐらいで収まればいいのですが、下手をすると、ケガ人が出そうな勢いです。

――やれやれ、それぐらい元気があるんだったら、ほっときゃいいよ。

「仕方がないね、ご本人の言うとおりにするしかないだろ」

「よ、よろしいんでしょうか、先生」

現場の救急隊にとって、出場要請の理由となった傷病者を救護せずに、そのまま引き揚げてくるというのは、実は、自分たちのアイデンティティにも関わってくるほどの、重大事象なのです。

もちろん、件の救急隊長が懸念しているのは、このまま傷病者を残していった場合、後になって、例えば、居酒屋からの帰宅途上に、路上で大量の吐血をきたし、最悪、心肺停止の状態に陥ってしまうということが、万が一にも起こるかもしれないということなのですが、それとともに、そうなってしまった場合に、あの時、救急隊が無理にでも病院に連れて行ってくれていれば、あの傷病者が命を落とすことはなかったのにと、自分たちが後ろ指をさされることを、きっと、危惧しているのです。

「だってさ、『絶対に嫌だ』って言ってるのを、まさか、その首根っこを押さえつけてだぜ、救急車に無理やり引きずり込むなんてこと、できないっしょ？」

路上で倒れるかもしれないっていうんだったら、そうなった時に、通行人にでも、また、救急車を呼んでもらえばいいさ、その時は、きっと意識がなくて、搬送拒否することもないだろうから……。

「わ、わかりました、もう一度だけ説得して、それでも駄目なら引き揚げます」

こんなことぐらいで、需給が逼迫（ひっぱく）している救急車を呼ばないでよ、俺たちゃ、あんたのお抱え運転手なんかじゃないんだから、まったく……いつもなら、そう思ってしまう場合であっても、ぐっと堪（こら）えて、自称「傷病者」を笑顔で病院まで搬送している救急隊にしてみれば、こんな風に搬送を辞退あるいは拒否される方が、実は、居心地が悪いのかもしれません。

性根の優しい、そんな救急隊員たちの心が折れてしまわないように、彼らの精神安定剤的な存在になるのもまた、救急隊指導医の大事な役割なのです。

＊＊

「部長、電話です、警察から」

「警察？　こんな時間に何だろ？」

ご多分に洩れず、この業界も深刻な人手不足の折、部長といえども当直業務をこなさなければ回らない、下町の救命センターである。

そんな夜の、日付が変わり、意識も遠のいていきそうな丑三つ時に、胸ポケットに入れた院内PHSのバイブレーションが唸りを上げ、夢見心地から現実に引き戻してくれる。しかし、こんな時分の警察からの電話なんぞ、大体がろくでもない話と相場が決まっているのだ。

「夜分、恐れ入ります、そちらにかかりつけの患者さんのことで、電話いたしました」

「かかりつけ？」

「はあ、『サカモト・タカオ』という名の、六十八歳の男性なんですが……」

「ちょっと待って下さいよ、うちの病院でのID番号、わかりますかね？」

「ええと、ですね……」

部長は、傍らの電子カルテのキーボードを叩きながら、話を繋いでいく。

「で、この坂本貴夫さんが、どうしたって？」

「はあ、昨日の夜、ご自宅で倒れているところを発見されまして……」

電話の向こうの捜査員の話によれば、昨夜、一人暮らしの坂本宅を知人が訪れたところ、居間の床の上に俯せになっており、救急車で近くの医療機関に搬送されたものの、すでに死亡していると診断されたとのことであった。

「変死体ということで、我々が出向いたのですが、どうやら何かご病気があったようなので、そのための病歴照会です」

自宅を捜索したところ、お宅の病院の救命センターの診察券が出てきたものですから、と捜査員は付け加えた。

「なるほど、よくわかりました、それならば、少しばかり時間を下さいな、折り返し、こちらから署の方に連絡しますから」

変死体を検視するに当たって、その病歴を知ることは不可欠であり、捜査員としても早急に把握しておきたい情報である。そのことはよく理解できるし、生前関わっていた病院としても、そんな警察に協力するのは吝かではない。

とは言うものの、もらった電話で患者の個人情報を話すなんぞということは、厳に御法度である。

そもそも、電話をかけてきたのが本当に警察官なのか、テレビの刑事ドラマでおなじみの、金バッジのついた二つ折りの警察手帳を見せてもらうこともできず、電話口の話だけでは確認のしようがない。実際に、警察官と称して、どこぞの新聞記者が患者情報を聞き出そうとしてきたことが、過去に何度かあったのである。

当該の警察署に、折り返し、こちらから直接電話をいれることで、その辺りのことをクリアしようという、ささやかな防衛手段というわけなのだ。

「さかもと、さかもと、と、ああ、この患者さんか、確か、『中止』になっていたような……」

そう独りごちながら、部長は所轄署に連絡をとるべく、ＰＨＳを耳に当てた。

＊

「先生、どうしましょうか、あの患者さん」

ランチタイムが終わり、医局のソファーで転寝をかまそうとしていた部長の元へ、救命センターのスタッフの若い女医がやってきた。

「あの患者さん……て、どの患者さん？」

「五号室の奥の、坂本さんです」

「坂本さん……て、何だったっけ？」

いい加減寝惚けている部長に、若い女医が、少しばかり苛ついた声を上げた。

「ほら、昨日の夕方、呼吸苦で搬送されてきた患者さんですよ、もう、先生」

部長は、その首を何度か回しながら、眠気覚ましのコーヒーを啜った。

「ああ、あの心不全の患者さんね」

その患者が下町の救命センターに担ぎ込まれてきたのは、夏の暑さも一段落した昨日の夕方、公園のベンチで休んでいたところ、急に息苦しくなり、通りかかった人に自ら救急車の要請を依頼したことによるものである。

数分後、救急隊が現場に到着し接触した時には、ベンチの上に横たわっており、小太りと言っていいような体格の傷病者は、全身に冷や汗を光らせ、両肩を上下させるような荒々しい息遣いをしていた。

救急隊の呼びかけにも全く開眼せず、また、傷病者の手の指に装着されたパルスオキシメーターの示すサチュレーション（経皮的動脈血酸素飽和度）の値が、本来なら九六〜九九％ほどでなければならないところ、八五％前後を上下しており、体内の酸素の量が極度に低下していると判断した救急隊長は、直ちに傷病者に酸素マスクをあてがい、高流量の酸素の投与を開始した。

続いて血圧を測定すると、収縮期血圧が二〇〇を超えており、さらに、救急救命士の資格を持つ救急隊長が、傷病者の胸の音を聴診器を用いて聴いたところ、左右ともに、湿性ラ音と呼ばれる肺の雑音が聴取された。

救急隊長は、傷病者が重篤な状態にあるものと判断し、救命救急センターへ搬送することを決定、その旨を救急管制センターに上申した。

「搬送先にあっては、直近の都立墨東病院救命救急センターに連絡済み、救急隊は向かって下さい」

「了解！」

救命センターの初療室の処置台に移された傷病者は、昏迷状態のままで荒い呼吸を続けており、待ち構えていた救急医たちの手により、直ちに補助呼吸が開始された。

同時に、心電図検査や胸部レントゲン写真撮影、心臓超音波検査などが行われ、それらから、今回の呼吸苦という症状は、急性心不全およびそれに伴う肺水腫に起因するものと診断され、意識の状態が悪くなったのは、肺水腫をきたし、肺からの酸素の取り込みが低下したために、全身の臓器、特に脳への酸素供給が減少したことによると推測された。

早い話が、この傷病者は、何らかの理由で心臓がへばってしまい、その結果、いわば酸欠状態に陥り、意識を失ってしまったというわけである。

その理由として、最も考えやすいのが、高血圧による心臓への負荷である。

実際、初療室に搬送された時の血圧は一八〇以上あり、それを受けて、血圧を下げるべく、血管拡張薬の投与が開始された。

「あれれ、この患者さん、リピーターじゃないか」

傷病者の現場での様子を、救急隊長から聞き書きしていた当直医が、電子カルテの画面に目をとめた。

救急車で搬送中、傷病者のズボンのポケットから、病院の診察券と思われるカードが幾枚も見つかり、その中の一枚が先生のところのものでしたので、それを使って受付を行いました、と救急隊長が当直医に報告した。

「なるほど、それで患者の名前がわかって、このカルテが出てきたというわけね」

以前は、過去に受診歴のある患者のカルテを引っ張り出すのに、それなりの手間と時間がかかっていたが、いわゆる電子カルテなるものが導入されてからは、そのＩＤ番号さえあれば、あるいは、氏名と生年月日の情報があれば、瞬時にカルテを開くことができる。

便利な時代になったものである。

「なになに、えーと、前回の入院は、三ヶ月前か……で、主訴は呼吸困難で、今回と同じように、外出先から、救急車で搬送されてきている……と」

当直医は、前回の入院の要約（サマリー）を斜め読みしながら、ああ、やっぱり前回も、高血圧に起因する急性心不全に伴う肺水腫による呼吸困難か、で、その後は……ん？　「中止」になってるなあ、と独りごちた。

一般に、救命センターに救急搬送されてきた患者のその後というものは、手を尽くしたにもかかわらず救命できなかった「死亡退院」か、治療が功を奏し、無事に退院することが叶った「軽快退院」か、急性期の治療を終え、社会復帰のためのリハビリテーションを目的として、あるいは、生命はとりとめたものの、いわゆる植物状態に陥ってしまったがための長期の療養を目的として、それぞれの病態に相応しい他の医療機関へ移ることとなる「転院」か、である。

救命センターの運営の仕方によっては、同じ病院の他の診療科に移って治療を継続する「転科」というものがあり、その他に、「中止」というものも存在する。

「自主退院」とも称される「中止」というのは、多くの場合、病院側がまだ入院加療が必要な状態だと判断しているにもかかわらず、患者の側が、自らの考えでそれを拒否し、病院から出て行ったというような時に使われるものである。

「中止」っていうことは……この患者さん、きっと何かあるんだなと、当直医が、前回のカルテを読み進めようとしていた時、初療を終えた若い医者たちが声をかけた。

「患者さん、病棟に上がりますよ、先生」

当直医は、救急隊長から聴き取った情報を大急ぎで打ち込み、その電子カルテを閉じた後、患者が乗せられたストレッチャーの後を足早に追いかけていった。

その翌朝。

「えーと、次の患者さんは、坂本貴夫さん、六十八歳、呼吸困難で収容しています」

「ええっ、サ、サカモトタカオ、ですってえ？」

当直医が前日搬送されてきた患者のプロフィールをプレゼンテーションしている時に、プロジェクターでスクリーン上に映し出された電子カルテの画面を見ていた一人の女医が、仰け反るように黄色い声を上げた。

「はあ、リピーター、ですね、そうそう、三ヶ月ほど前の入院では、確か、主治医は先生だった、ですよね」

「そ、そうだけど、何でえ？」

「何でって、だから、前の時と同じように、急性心不全による呼吸困難で……」

「受けちゃったんだ、どうしてえ？」

当直医の怪訝な顔を横目に、若い女医は頭を抱えた。

「大変なんですよお、この患者さん……」

吐き出すように独りごちた女医の声が、聞こえたのか聞こえなかったのか、当直医は、一晩、人工呼吸器で補助呼吸を継続しながら、血管拡張薬と利尿剤を投与していたところ、今朝は、心不全の症状も改善してきている、と続けた。

「で、意識は？」

「収容した時は、低酸素のためだと思うんですが、昏迷状態だったんですけれど、今は、意識レベルも大分アップしてきていますね」

　患者の状態がよくなっているにもかかわらず、まるで打ち拉がれているように見える女医に、当直医は、それじゃあ、今回も坂本さんの主治医は、先生にお願いする、ということで……と、プレゼンテーションをまとめた。

「えーと、次の患者さんは……」

「先生、どうしましょうか、あの患者さん」

　救命センターのスタッフのその若い女医が、部長に繰り返し尋ねた。

「案の定……なんですから」

「え？」

　朝の回診が終わった頃には、件の坂本貴夫の状態はさらに改善し、人工呼吸器を用いた補助呼吸も不要となり、酸素マスクをあてがうだけで、十分な酸素化が得られるようになっていた。

　さらに、人工呼吸器を装着されていたり、幾本もの点滴ルートを挿入されているような患者の場合、特に意識障害を伴っているような時は、突然の体動を防止したり、あるいは、患者が無意識のうちに、そうした重要なチューブ類を引き抜いたりしてしまわないよう、患者自身の安全を得るために、体幹や四肢の抑制ということが実施されるのだが、そのための抑制帯も、すでに緩められていた。

「そんな状態から、そろそろ意識が戻ったかなと思った途端ですよ、先生！」

彼女によれば、ベッドサイドで看護記録を打ち込んでいた坂本貴夫の受け持ちのナースの金切り声が、病棟中に響き渡ったというのである。

「突然、ベッドの上に起き上がり、大声で喚きながら、酸素マスクを引き剝がすわ、肩口から入っていた点滴ルートは引き抜くわ、文字通り、血塗れの大立ち回りですよ」

傍らにいたナースに、それこそ摑みかかっていかんばかりの勢いだったんですから、これが……。

「だけど、それって、人工呼吸中の鎮静剤が、まだ、十分に抜け切ってなくて、却って、不穏状態になってしまったっていうんじゃないのかい」

「そんなんじゃあ、ありませんよ、先生！」

部長の暢気な物言いに、女医の目が吊り上がった。

「まあまあ、落ち着きなよ、で、その後、どうしたの？」

「そばにいた何人かの医者とナースで、どうにかこうにか、押さえ込みましたよ」

見覚えのある女医の顔を目にした所為か、その後患者は、大人しくなってくれたということであった。

「そうかそうか、そりゃよかった、ま、それぐらいの元気があるんなら、きっと、心臓の方も、大丈夫……」

「よかないですよ、先生！」

これ、全く同じなんですからと、女医が声を荒らげた。

「前の時もそうだったんです、体の方が楽になると、突然、出て行くぞ、と喚き出しちゃって」

彼女によれば、前回の入院の時も、人工呼吸器が外れ、意識が戻った途端、家に帰ると言い出して、大騒ぎになったということであった。

「呼吸が苦しくなった原因をはっきりさせるため、心臓の方の精密検査も必要だし、何より、しっかりと高血圧をコントロールしなければ、命に関わる事態に陥ってしまうことになると、何度も何度も、口を酸っぱくして説得したんですが……」

目を吊り上げたままの女医が、話を続けた。

「それで、もしや、経済的なことを心配して、治療を拒否しているのではないかと思って、直ぐに病院のケースワーカーの方に相談したんですよ、そしたら……」

彼女はケースワーカーとの会話を再現して見せた。

「どうでしたか」

「はあ、あの患者さん、経済的な問題といった深い背景なんかがあるのではなく、どうやら、単に医者や病院に、あれこれと指図をされるのが我慢ならないだけのようですね」

「そうなんですか……で、家族は、いるんですか？」

「いえ、一人暮らしのようですよ」

きっと、酒を控えろ、煙草(タバコ)はやめろ、降圧剤をきちんと服んで、規則正しい生活を送れ、とかなんとか、耳の痛い説教をされることがわかっているからに違いないですよ、と、百戦錬磨のケースワーカーが耳打ちした。

「死んでもいいから、自分の好きにしたいんでしょ、きっと」

「そんなあ……苦しくなってしまって、自分で救急車を呼んだりしてるんですよ、あの患者さん」

「だって、先生、生きてなけりゃ、酒も煙草も、やれないじゃないですか」

「でも、そのために救急車を呼ぶなんて、わがままもいいところですよ、そりゃ」

「ええ、確かに、そうなんですが、そもそも、そんな常識が通じる相手じゃないということですよ、先生」

ケースワーカーによれば、他の医療機関にも何度か救急車で担ぎ込まれており、同じような騒ぎを起こしているとのことであった。

「体の具合がよくなると、やっぱり、勝手に病院から出て行ってしまうようなんです」

「じゃ、医療費は？」

「さあ、取りっぱぐれてるんじゃあ、ないんですかね」

「いいの？　それで」

「いいも悪いも、そんなことよりも、院内でトラブルを起こされることの方がよっぽど大きな問題なので、だからそうした病院では、坂本貴夫をトラブル・メーカーとしてマークしているんですよ」

「それって、いったいどういうこと」

ベテランのケースワーカーが、訳知り顔で、声を潜めながら応じた。

「つまり、救急隊からの収容要請があっても、ですね……」

「その時は、収容不能となる理由が、どういうわけか、突然生じてしまう……ということなのね、なるほど」


「だからその時、私、言ってやったんですよ、今度具合が悪くなって、救急車を呼んでも、そんなんじゃあ、うちで診てあげられないかもしれないからねって」

「そしたら？」

「頼まれたって、こんなところに、誰が来てやるもんか、ですって」

さすがの私も、患者の吐いたその言葉でキレてしまったんで、それを本人がどう使うかは知りませんが、宛名のない紹介状と二週間分の内服薬とを持たせた上で、退院させましたよ、ただし、カルテ上は、「中止」扱いとしました、だって、主治医としては、まだ、入院加療が必要な状態だと判断していましたからね、と、女医が捲し立てた。

「おまえさんとの間で、そんなやりとりのあった奴さんが、図らずも、また、目の前に現れたって、そういう訳なんだね」

相変わらず目が三角になっている女医が、部長の言葉に頷いた。

「しかし、その坂本某の前回入院の時の話、俺は、記憶にないんだがな……」

「学会か何かで、確かその時、先生、病院にいらっしゃらなかった筈です」

「そうだったか……わかったわかった、それじゃあ、ケースワーカーに同席してもらった上で、もう一度だけ、奴さんに病状をよく説明してやってくれないか」

「はあ……やってはみますが、だけど、先生、それでもやっぱり、帰るって言い張るんだったら……」

「しょうがないね、いいよ、『中止』として」

部長の許しに、ようやく女医の顔から険が消えた。

＊

「えーと、先ほどお問い合わせの、坂本貴夫さんのことなんですが……」

電話の向こうでは、間違いなく所轄の警察官であることが確認された件の捜査員の、先生、お世話になりまあすという声が響いた。

「確かに、当方に、二度ほど入院歴がありますね」

「何時（いつ）のことでしょうか」

「最初は、九ヶ月前、二度目は、ちょうど半年前、ですか」

「病名は？」

「高血圧、それから、急性心不全、肺水腫、いずれの時も、入院した翌日には退院してますよ」

「ほお、そうなんですか」

電話の向こうの捜査員は、そりゃ意外ですね、というように相槌（あいづち）を打った。

「もちろん、退院後は、そちらの外来に通院しているんですよね」

「いやいや、その事実はありません」

「そ、そうですか……と、すると、今回、自宅で倒れていたというのは……」

「ふむ、ま、十分、あり得るでしょうねえ」

「はあ？」

部長の言葉に、捜査員は、一瞬、言葉を止めた。

「直前に、どこかの病院にかかっていたと思いますよ、おそらく」

「えっ、そうなんですか」

「だから、そちらの病院の方が、直近の坂本さんの病状を、よく知っていると思いますがね」

　捜査員の声が、急に明るくなった。

「それは、先生、どこの病院なんでしょうか？」

「さあ、そりゃ、わからないけど、東京消防庁の救急管制センターに問い合わせをしてみたら？　もし、坂本さんがどこぞの病院に入っていたとしたら、間違いなく、一一九番で救急車を呼びつけているはずだから……」

　あの女医とケースワーカーが、威（おど）したり賺（すか）したり、さんざん説得を試みたのだが、結局のところ、坂本貴夫は下町の救命センターから、再びそのまま出て行ってしまったのだ。

　幸か不幸か、それから今に至るまでの半年の間、その名前を東京消防庁の救急管制センターの指令官から告げられることはなかったのだが、しかし、あのへばりかけていた心臓であり、あのわがままな性格である、この間、きっとどこかの医療機関に担ぎ込まれて、そしてまた、新たなトラブル・メーカーになっていたであろうことは、それこそ想像に難くない。

やれやれ、救命センターなんぞというところに長居をすると、つまらない洞察力だけは、しっかり身についちゃったりしてしまうようで……。

それでは、また。

同意書

インターネット上には、医療の様々な領域の話題が溢れています。

先日も、六十代の男性が、四つの救急病院から受け入れを拒否されて、そのあげく死亡するに至ったという全国紙の地方版の記事が、「急患『たらい回し』防げ」というタイトルで、ネット上に流れていました。

それによりますと、乗用車で通勤途上、具合の悪さを自覚した患者本人が、路上に停車して一一九番をコール、救急隊が約十五分後に現場に到着した時には意識もはっきりしていたが、市内の四つの病院で収容を断られ、その結果、隣の市の病院に搬送ということになり、そこでまもなく急性心不全で死亡した、ということでした。

残念ながら、実際の病状や、そこにどれぐらいの時間や距離の空費があったのか、詳細なことは記されておりません。ただ、最後に次のような記載がありました。

……男性の遺族は「もっと早く、どこかの病院に搬送されていたなら……。患者を受け入れられないのなら救急病院の看板を掲げないで」と憤る。

さて、「救急医療」というサービスが「突発・不測」に生じた健康上の問題への対処、ということをその目的に掲げている以上、やはり、そのサービスを受けるべき側の立場からすれば、そうした不具合が生じた時には、些かの遅滞もなく適切な手当てを享受できるということが、最も重要であるはずです。

それはつまり、もし不幸な転帰に至ったとしても、それが遅滞なき適切な手当てを受けた結果であればやむを得ぬこととして、あるいは運命として受け入れられることであろうけれど、反対に、もし、そうした手当てを受けられずして予期せぬ事態に陥ったのだとすれば、人情の常として、納得ができず、あるいはそのことに対する贖いをどこかに求めざるを得なくなってしまう、ということを意味しているのではないでしょうか。

だからこそ、救急医療において予期せぬ不幸な事態が生じた時に、決まって用いられるのがこの「たらい回し」というフレーズなのです。

そしてまた、そうした「たらい回し」が繰り返される事態を、マスコミは「救急医療の崩壊」と、煽り立てているというわけです。

救急医療の問題というのは、しかし、何も救急病院だけのことではありません。

おそらく多くの人は、救急医療というと、赤色灯を点滅させながら町中を疾走している救急車を、真っ先にイメージするのではないでしょうか。

実は、救急医療というものは、救急患者が救急病院に収容されたところから始まる、というわけではありません。

健康上に「突発・不測」の不具合が生じた人を救急患者と呼ぶのであるならば、当然のことながら、救急患者が発生するところ、すなわち救急現場というのは普通の日常生活のシーンの中にあるということになり、この救急現場こそが、救急医療が始まる場所なのです。

この救急現場と、救急医療機関とを繋いでいるのが救急搬送サービス、つまり、先ほどの救急車という訳ですから、従って、この救急搬送サービスも救急医療の一部を担っているということになるのです。

さて、一一九番を回せば、日本全国どこでも、救急車による救急搬送サービスを受けることができます。

ちなみに、この救急搬送サービスは、総務省消防庁が統括し自治体消防が運用する公的な行政サービスです。東京都内で走っている救急車は、すべて東京消防庁がコントロールしており、それに乗務している救急隊員は、東京消防庁の職員つまり東京都の地方公務員ということになります。

その他に民間の救急搬送サービスというものもありますが、例えば、赤色灯を点滅させながら赤信号を突っ切っていく、などの緊急走行が許されているのは、原則として、公的な救急車のみなのです。

この救急車に乗務している救急隊員たちは、例えば、東京で言えば、東京消防庁の救急管制センターの指令により出場し、救急現場に急行、要請された傷病者の「突発・不測」の病態を的確に把握し、必要な応急処置を施しながら、傷病者に相応しい直近の救急医療機関に、速やかにかつ安全に搬送するということを、その使命としています。

通常、救急車には三名の救急隊員が乗り込んでおり、いずれも救急隊員として、長時間の教育・訓練を受けたエキスパートです。その中には、さらなる知識と技能を有した「救急救命士」と呼ばれる国家資格を与えられた優秀な救急隊員たちも、数多く存在します。そうしたプロフェッショナルたちが、「突発・不測」の事態に備えて、各地の消防署に、まさしく三百六十五日二十四時間、待機しているのです。

そして、重要なことは、こうした救急隊員の活動は、単なる救急医療機関への患者搬送というだけでなく、先に述べたように、救急現場から始まる救急医療の一端を担っている医療行為なのだということです。

救急医療現場から救急医療機関に至るまでの、救急隊が行うこうした活動のことを、プレホスピタル・ケア（病院前救護）と呼び、医師や看護師などが医療機関の中で行うホスピタル・ケアとともに、救急医療の大きな柱と位置づけられているのです。

実は、この救急搬送サービスすなわちプレホスピタル・ケアが、今、特に大都市圏を中心に、危機に瀕(ひん)していると言われています。

プレホスピタル・ケアの質を測るには、いくつもの指標がありますが、その一つが、レスポンス・タイムすなわち「一一九番に入電(覚知)してから、救急車がその現場に到着する(現着)までの時間」です。当然のことながら、レスポンス・タイムの短い方が、プレホスピタル・ケアとして優れているということになります。

このレスポンス・タイムが、しかし、年々長くなっているのです。

総務省消防庁の行う全国調査のデータによれば、かつて平成十五年には六・三分であったレスポンス・タイムの全国平均値が、平成二十五年の調査では、八・五分にまで延びており、さらに、東京だけのデータを見ると、七・四分だったものが、なんと、一〇・九分になっています。

日本のプレホスピタル・ケアの、トップ・リーダーを自負している東京消防庁の管内だけが、情けないことに、十分を超えてしまっているのです。

こんなことは、世界の先進国を見渡した時、とても許されることではありません。

それでは、このレスポンス・タイムが、これほど長くなってきている理由は、いったい何なのでしょうか。

もちろん、いくつもの要因が挙げられますが、間違いなく最大の理由は、その救急出場件数の多さです。

東京消防庁管内では、救急車の出場件数は、毎年右肩上がりで、実際のところ、平成二十一年に年間六十五万五千六百三十一件だったのが、平成二十六年は、七十五万七千五百五十四件にまで増加しているのです。

そもそも、救急車の運用は、一一九番すなわち東京消防庁の救急管制センターが行っており、現場に最も近いところに待機している救急隊が出場することとなります。もし、直近の救急隊が他のケースで出場している時は、次に近いところにいる救急隊に出場指令が下ります。直近の救急隊が出払ってしまっている時は、現場から遠く離れたところからの出場となり、当然のことながら、レスポンス・タイムは長くなっていきます。

もっとも、この間、東京都内の救急隊は、二百二十九隊から二百三十七隊に増強されてはいるのですが、そんなことでは、しかしまさしく焼け石に水、結果、レスポンス・タイムはさらに延びてしまっているのです。

確かに、昨今の高齢化社会を反映して、応急救護のプロである救急隊員が操る救急車を、正しく必要とするべきケースが増えていることは間違いないのですが、しかし、この七十五万件以上の救急出場の内訳をつぶさに分析してみると、なんとその半数以上が、実際のところ、必ずしも救急搬送を要しない「軽症」症例で占められていることがわかります。

例えば、私どもの病院のER（救急外来）には、救急隊から以下のような収容要請が、しばしば入ってきます。


「先生、小児の異物誤飲のお願いです」

「子供の誤飲？　状況は」

「はあ、三歳の男児なんですが、母親の話では、おもちゃのコインで遊んでいたとのことで、その最中に、急に咳き込むことがあったようで、その後で、母親がコインの数を数えてみたところ、一つ足りないと……」

「なるほど、そのコインを誤飲してしまったんじゃないかってことね」

「その通りです」

「で、今の状況は？」

「はあ、呼吸状態も悪くありませんし、機嫌もよくて、特に普段と変わりないということなんですが……」

「そう、で、何時、飲み込んだかもしれないって？」

「はあ、二時間ほど前だと……」

「おいおい、何で、それが、今、救急車なんだよ！」

「はあ、お母さん、どうしてもコインが見つからなくて、心配になられたようで……」

「わかったわかった、そしたらお母ちゃんに言ってよ、坊や抱っこして、バスででもタクシーででも何ででもいいから、病院に連れといでって、ちゃんと拝見するから」

「はあ……それを私どもの方から、言うわけにはいかなくて、ですね、先生」

あるいはまた、救急隊とのこんなやりとりも、日常のこととして行われています。


「先生、六十七歳の女性のお願いです」

「はいはい、どんな具合？」

「ご本人からの救急要請なんですが、一週間ほど前から、食欲が落ちて、元気がないということで……」

「それから」

「はあ、それだけなんですが……」

「なに？　いや、そうじゃなくてさ、一週間前から具合が悪かったんでしょ、それがさ、今、救急車を要請したんだから、直前にどこかが苦しくなったとかさ、急に熱が出たとかさあ、何かあるんでしょ」

「はあ、ご本人がおっしゃるには、一人暮らしなので、何かあったら困るからと……」

「おい、今、夜中の二時だぜ、夜が明けてから、近くの病院で診てもらったら、どうなんでしょうか？」

「はあ、我々もそうお話ししたんですが……どうしても、今、そちらの病院に行きたいとおっしゃってまして」

「おいおい」

「救急隊としては、そう言われますと、お連れしないわけには……」

おそらく、これと似たようなシーンが、東京のあちこちの救急病院で繰り広げられているものと思います。

早い話が、巷間(こうかん)、声高に言われているように、救急車を無料の送迎車とでも思っているような、患者の側の理不尽な使い方が横行しているということなのです。

一方で、たとえ救急搬送の適応がないと思えるようなケースであったとしても、公務員としての接遇を求められる救急隊員にしてみれば、それを口にすることは許されず、住民に要請された以上、現場に出場し、時間がかかっても、とにかくどこかの医療機関に搬送するしかないという現実があるのです。

そうしたことが重なり合って、いわゆる「軽症」患者のために救急車が出払ってしまい、そのために、真に救急車が必要な患者のところへ、現場から遠く離れたところから時間をかけてやって来なければならない、そして、東京の救急車のレスポンス・タイムがいよいよ長くなっていく、というわけなのでしょう。

救急車の到着遅延の結果として、しかし、助かるはずの患者が、その生還のチャンスを失っていくのだとしたら……。

意地の悪い言い方をすれば、「わがまま放題の患者」と「腰の引けた救急隊」という構図が、「救急医療の崩壊」という事態を招いてしまうのかもしれません。

＊＊

「また、『たらい回し』っていう記事かよ」

昼下がり、救命救急センターの医局の、その片隅にあるパソコンの画面を眺めながら、コーヒー・カップを手にした部長が独りごちた。

「何時(いつ)までたっても、この言葉はなくならないよなあ、ほんとに……」

その記事を追いかけていくべく、マウスを操っていた部長の胸のポケットの、院内PHS(ピッチ)が鳴った。

「はあい」

「あ、すいません、部長、今、よろしいでしょうか」

「ん？　何だい」

「はあ、今日の未明に収容された患者さんのことで、ちょっと、先生にご相談が……」

PHSの向こうでは、救命センターの若手の外科医の、少しばかり沈んだ声がした。

「えーと、今日の未明の患者って、何だったっけな」

「自転車の自爆ですよ、先生」

「自爆？　ああ、そうだったそうだった、で、その患者さんが、どうしたって？」

「いえ、患者さんのこと、ではなくて、ですね、そのご家族が……」

PHSの向こうの外科医の声には、泣きが入ってきた。

その患者が搬送されてきたのは、日付が変わって、しばらく経った頃であった。

「酒、臭いますね、こりゃ」

救急隊のストレッチャーから初療室の処置台の上に移された患者の、頭の側に立っていた若い研修医が、サージカル・マスクをつけた顔を背けながら、患者の口元に酸素マスクをあてがおうとした。

「ベロンベロンっていうやつですよ！」

と、突然、患者の上半身がガクガクと揺れたかと思うと、どこぞのB級ホラー映画のワン・シーンのごとく、口と鼻の穴から、大量の吐物が溢れだしてきた。

締めにスタミナラーメンでも食ってきたのか、その吐物には麺の消化物と思しき泥状物が含まれており、さらに悪いことに、饐えた胃液とニンニクの臭いが、初療室の中に一気に拡がった。

「お、おい、横向けろ、違う、顔じゃない、体ごとだ！」

その場を仕切っていた当直医が、大声を出しながら、処置台の上に仰向けに寝かされた患者の、腰の辺りに両手を回し、抱え込むようにしながらその体を横向きにした。

「ええい、もう全部吐かせろ、それから、口と鼻の中をしっかり吸引してやれ！」

突然のことに、吐物に塗れた酸素マスクを手にしたまま、呆然としている研修医に向かって、いいか、こんな時、吐物を気管内に吸いこませてしまうと、命取りになっちまうんだぜ、と当直医が気合を入れた。

「どれ、状況を説明してくださいな、救急管制センターからの第一報では、ガードレールのそばで、倒れていたってことだったけど……」

処置台の上の喧噪を背にしながら、もう一人の当直医である若い外科医が、救急隊長を初療室の中に呼び込んだ。

「確か、酔っ払って自転車に乗って走っていたところ、誤って道路脇の柵かなんかに激突して、そのまま、意識がなくなったってことだったよな」

部長はＰＨＳを耳にあてながら話を続けた。

「そうです」

「年齢は、いくつだっけ」

「四十四です」

「ケガの部位は」

「はい、朝のカンファレンスで申し送った通り、頭蓋骨の骨折、外傷性くも膜下出血、脳挫傷、それと、左の肋骨が何本か折れてました」

若い外科医は、酒の所為もあったと思うんですが、昏睡状態でしたので、気管挿管をして、人工呼吸器にのせました、と話を続けた。

「頭がメインということで、そのまま、人工呼吸管理下で保存的治療を開始したんですが、その後、午ごろにフォローアップの検査をしたところ、当初のＣＴ検査ではなかった腹腔内のフリー・エアが見つかりまして……」

レントゲン検査やＣＴ検査の所見として指摘される「フリー・エア」というのは、「遊離ガス」とも訳される。

体内の気体（ガス）は、生理的に存在する空間が、原則として限られている。例えば、腹部においてガスが存在するのは、胃袋から始まり、小腸、大腸を経て、直腸に至るまでの「消化管の中」である。

それらのガスの正体は、飲み食いの際に口から入り込んだ空気や、腸内細菌類による食物の分解や発酵によって発生するメタンや硫化水素などであるが、こうしたガスは、水と比較してレントゲンの透過性が非常に高いため、レントゲン写真やCT画像などで、その存在を捉えることができる。

実は、腹部には、「消化管の中」以外にも、体の外からは見えないが、閉じられた特殊な空間がある。生理的には少量の液体（漿液（しょうえき））だけが存在する「腹腔」あるいは「腹膜腔」と称されるものだが、何らかの理由で、ここにガスが存在することがあり、それを腹腔内の「遊離ガス」すなわち「フリー・エア」と呼ぶのである。

大半の場合、そのガスは「消化管の中」にあったものであり、従って、「フリー・エア」の存在は、閉鎖空間であるはずの「腹腔」と、「消化管の中」との間に、ガスが行き来できる通路があるということ、つまり、何らかの理由で消化管に穴が開いてしまったという、病的な状態が存在することを示している。

その状態をそのまま放置すれば、その穴から消化管の中身が漏出（ろうしゅつ）、腹膜炎を発症し、生命に危険の及ぶ事態に陥ってしまうこととなり、多くの場合、それは緊急手術の対象となる。

「フリー・エアが出てきたか……となると、開腹か？」

「はあ……そのつもりだったんですが……」

「ん？　家族が、何か言ってきたのかい」

部長の問いかけに、若い医者は、押し黙った。

「まあしかし、消化管破裂だっていうんなら、そりゃ、おそらく、ガードレールだか何だかに激突した時に、しこたま腹を打ちつけたんだろうさ」

そう言って、部長は、カップに残っていたコーヒーを飲み干した。

交通事故の際に、シートベルトやエア・バッグなどによって腹部が強く圧迫されると、「消化管の中」にあるガスの圧が瞬間的に高まり、そのため、そのガスが消化管を突き破って「腹腔」に出て行ってしまう、それが、CT検査によって、腹腔内の「フリー・エア」として認識されるのである。

ちょうど、腹の中で、風船が破裂したようなものである。

「だってさ、頭部外傷があった上に、酔っ払って、昏睡状態だったんだろ？　腹部の所見なんて取れやしないさ、それにさ、腹部の損傷も疑ってCT検査もやって、その上で腹部には何もないと判断したんだから、全然、気にすることなんかないよ」

しかも、フォローアップの検査で、きちんとフリー・エアを見つけてるんだから、家族に、「見落とし」だとか、「医療過誤」だなんぞと、文句を言われる筋合いはないぜ、それより、外傷性消化管破裂ってことで、早いとこ、オペ室に連絡して……。

「ち、違いますよ、先生」

キャビネットの上にあるコーヒー・メーカーから、コーヒーをカップに注ごうとしていた部長が、その手を止めた。

「えっ？　だって、家族が、何か言ってきたって……」

「そんなことじゃあ、ありませんよ、先生！」

部長のピント外れの物言いに切れたのか、外科医が声を荒らげた。

「家族が病院にやって来たのは、何時だったと思いますか、先生、フリー・エアが見つかってからなんですよ！」

若い外科医の勢いに気圧され、一瞬、言葉を飲み込んだ部長に向かって、臨場していた警察官から、「自転車や遺留品で身元が判明したので家族に直ぐに病院に向かうように伝えた」という連絡があったのは、初療を終えて救命センターの病室に上がった直後だった、にもかかわらずにですよ、と、その外科医は捲し立てた。

「いいですか、こんな具合なんですから」

外科医は、ＰＨＳの向こうで、患者の七十がらみの父親との話を再現してみせた。

「以上が、息子さんのケガの状況です」

「………………」

「……というわけで、これから、緊急開腹手術を行わなければなりませんので、この手術の同意書に、お父様のご署名をお願いします」

「手術の同意書？」

「ええ、ここのところに、ご署名を……」

「断る」

「はあ？」

「手術には、同意しない」

「いや、あのう、直ぐに手術をしないと、息子さんの生命に関わることになってしまいますが……」

「かまわん」

「はい？」

「こんな同意書に、サインなんぞしない、と言ってるんだ！」

「な、何なんだ、そりゃ？」

部長は、怪訝そうに続けた。

「そりゃ、ひょっとして、あれかい？　頭のケガの方の見通しで、おまえさんが、最悪の場合、植物状態のような形で残ってしまう可能性もあるかもって言ったりしたもんだから、そんなことなら、息子が不憫（ふびん）なので、無理をしないで、いっそ早く、楽にしてやってもらった方が……っていうやつなんじゃないの？」

「はあ、私も、最初はそうかなと、勘ぐったんですが……」

それが、そうじゃないんですよ、と言いながら、外科医は話を続けた。

――「あのう、今は、意識が戻るかどうかを心配する時ではなくて、ともかく、まずは救命するということを考えなければならない……」

――「アンタは知らないと思うが、これまで、自分たちはさんざん、酷（ひど）い目にあってきたんだ」

――「……？」

――「やっと、あのバカが目の前からいなくなってくれるんだ、千載一遇のチャンスなんだよ」

――「それって……」

――「絶対に植物人間になるっていうんだったらまだしも、どうせアンタたちは、無理やりにでも延命しようってんだろ」

「いや、延命じゃなく、もちろん、救命ですよ、それから、社会復帰できるよう、精一杯、努力しますから」

「だから、そんな余計なことをするな、と言ってんだよ、俺は！」

「よ、余計なことって……我々は、救命センターの医者としてですね、患者さんの命を……」

「フン、救命センターだなんだと、偉そうに言うな、そんなこたあ、アンタたちの自己満足に過ぎん！」

「何なんだよ、そのオヤジさんは……息子を殺してくれって、そう言ってるのかい」

「はあ……いや、まあ、父親の言ってることもわからないでもないんですが……」

「お、おいおい、何だって？」

その父親が語ったところによれば、一家は、まだ独り身である息子とその両親の三人暮らしとのこと、住まいは川沿いの一軒家で、父親はその辺りの地主らしく、経済的な問題はない。ところが、その息子というのが、若い時から正業に就かず、お決まりの酒浸り(さけびた)の生活で、最近では、老いた両親にいわゆる家庭内暴力を働いていたらしい。

もちろん、これまでに警察や行政など、父親はいろいろなところに相談に行っているのだが、そうした介入もうまくいかず、ここ何日か、息子の暴力と心労とで、ついに母親が寝込んでしまっているということであった。

「それで、今回、夜中に警察から連絡があっても、直ぐに病院に来ることはせずに、放っておいたそうなんですが、今朝になって病院から連絡が入ったので、仕方なく、父親が一人でやって来た、ということだそうです」

部長は、ようやく事情がのみ込めたと言って、一口、コーヒーを啜った。

「で、その後、どうなったんだい」

「はあ……あのバカと自分たちとは、全く関係がないからと言って、席を立って……」

「面会は?」

「しないで、そのまま、家に帰ってしまったようで……」

「で、同意書のサインは?」

「もらえてないんですよ、これが」

外科医は、当院(うち)のルールでは、同意書に家族のサインがないと手術室に入室できませんよね、だから、どうしたものかと……と、続けながら、声を落とした。

「バ、バカ野郎、そんな同意書なんて、どうでもいい、それより早くオペ室に入んなよ」

「えっ？　よろしいんですか」

「よ、よろしいんですかって、なにぃ腰の引けたことを言ってやがんだ、同意書のことなんざ、俺が責任を持つ、いいから早く行けよ、そうしないと、それこそ、その訳のわからんオヤジの思うツボになっちまうだろ？」

＊＊

さてさて、ここのところ、救急病院の内でも外でも、なんだか理不尽なことが、以前にも増して、幅を利かせているように思えてなりません。

「突発・不測」の緊急事態に備えるべき、最前線の救急医療を担う医療者や救急隊員たち、心優しき彼らの矜持（プライド）が、そんなことで、どうか萎（な）えてしまいませんように……。

それでは、また。

錯乱

「突発・不測」に発症した救急患者さんのうち、重症・重篤の方を中心に扱うべく設置されている救命救急センター、そこには、「急性中毒」の患者さんもまた、数多く搬送されてきます。

「中毒」とは、すなわち「毒に中(あた)る」という意味ですが、一口に「毒」といってもいろいろな類のものがあり、また、それが人体の内部に侵入してくる機序や経路も、これまた様々です。

例えば、日常的に見られる中毒の一つとして、「急性ガス中毒」があげられます。

火災現場で、煙に巻かれて意識を失って倒れているところを発見されたようなケースや、いわゆる「練炭自殺」を図ったような場合、「急性一酸化炭素中毒」に陥って意識をなくしていることが考えられます。

また、一つの部屋の中で、複数の人間が同時に倒れているような場合にも、暖房器具や湯沸かし器などの不完全燃焼による「急性一酸化炭素中毒」が強く疑われます。

「急性ガス中毒」の例として、この他に、「混ぜるな危険」と書かれてあるような、「塩素系漂白剤」と「酸性洗剤」が混ぜ合わされることで発生する「塩素ガス」によるものがあげられます。

また、温泉地や地下の下水管等で発生する「硫化水素ガス」による中毒症例が搬送されてくることもあります。

そう言えば、以前、このガスを人為的に発生させて自殺を図るというようなことが、全くのところ傍迷惑な話ですが、一部でブームになったような時もありました。

傍迷惑と言えば、かつて「サリン」と呼ばれる毒ガスが撒き散らされ、大勢の人の生命が奪われたという、何ともおぞましい事件がありました。これも、「急性ガス中毒」の一つの例としてあげることができます。

「ガス」によるものの他に、「農薬」による中毒もしばしば経験されます。

農薬散布などといった農作業中に、誤って曝露されたということで引き起こされる急性農薬中毒は、主に農村部で見受けられますが、都市部においても、家庭菜園などで用いられている「除草剤（アミノ酸系、クロロフェノキシ系など）」や、「殺虫剤（有機リン系、ピレスロイド系など）」の類を経口的に摂取して、中毒症状が出現、救命センターに担ぎ込まれるというようなケースがよく見られるのです。

殺虫剤のような農薬類を口にするというのは、大半の場合、覚悟の上での行為ということになりますが、最近では、認知症の高齢者が、それとは知らず飲用のものと思って大量に摂取し、重篤な中毒に陥ってしまうというようなケースが、しばしば見受けられます。

認知症の高齢者というと、これ以外にも、例えば台所においてある漂白剤や、洗面所にある手洗い石けん・洗剤などを口に入れてしまう場合もあり、それによって「急性中毒」が引き起こされることがあります。

これら以外にも、シンナーやトルエンなどの有機溶剤や工業用品による中毒や、毒キノコやトリカブト、ヘビやハチ、あるいはフグやツブ貝などといった、動植物の持つ自然毒による中毒の患者さんも、時に搬送されてくることがあります。

こうした「急性中毒」で救命救急センターに収容されるような患者さんは、直ぐに生命に関わる状態にあることが大半ですが、一般の救急医療の現場も含めて、頻度として最も多く見られるのは、「急性アルコール中毒」や、睡眠薬や精神安定剤あるいは降圧剤や血糖降下剤などといった、市中の薬局で簡単に入手できたり、日常的に処方されたりしている医薬品を大量に服用する「急性薬物中毒」でしょう。

こういった中毒は、摂取した酒類や薬剤の量、あるいは薬剤の服み合わせ等により、「ほろ酔い」や軽い「眠気」などといった程度のものから、迅速に対処しなければ、それこそ生命に関わるような「昏睡状態」に陥っているものまで、実に様々な病像を呈します。

さて、「急性中毒」への対処の段取りは、先ずは、傷病者を「毒」のある環境から遠ざけ、そして「毒」の体内への侵入、吸収を阻止し、さらに、体内に侵入してしまった「毒」を、体外に排出する、ということになります。

具体的には、傷病者が有毒ガスが充満しているところに倒れているのであれば、直ちにそこから救出、移動させ、あるいは「毒」が体の表面に付着しているのであれば、それを洗い流すということ（除染）を、先ず行います。

「毒」が口から既に飲み込まれてしまっている場合は、吐き出させ（催吐）、あるいは、胃洗浄、腸洗浄を実施、さらに、下剤とともに、「毒」を吸着する活性炭などを投与し、体外に排泄させます。また、「毒」が呼吸によって吸収され、あるいは呼出されるのであれば、強制換気や人工呼吸なども行います。

また、体内に吸収されてしまった「毒」に対しては、その解毒薬や拮抗薬などを投与し、引き起こされる症状を緩和したり、あるいは分解を促進したりして、それらを尿中に排泄するべく、点滴や薬剤を用いた強制利尿を行います。「毒」によっては、人工透析を行い、血液中から言わば力ずくでの除去を試みることもあります。

体内に吸収されてしまった「毒」が、体外に排出されるまでの間に、その「毒」の作用によって、例えば、意識がなくなったり、けいれんしたり、大量の流涎が見られたり、肺水腫により呼吸困難をきたしたり、血圧が上昇したり下降したり、心拍数が多くなったり少なくなったり、果ては、呼吸や心臓が止まってしまうという心肺停止状態を呈することもあり、そうした「中毒症状」に対処するべく、必要な処置を迅速にとらなければなりません。

具体的には、何本もの点滴を入れて、人工呼吸器をつけたり、人工心肺を回したり、あるいは、先ほどの人工透析を実施したりと、集中治療と呼ばれる濃厚な手当てを施す必要があります。

脳卒中や心筋梗塞など、重篤な患者を扱っている救命救急センターには、こうした集中治療のための医療機器とエキスパートが揃っており、だからこそ「急性中毒」の患者さんが、救命救急センターに担ぎ込まれてくるのです。

＊＊

「先生も、気をつけて下さいね」

「気をつけるって、何を？」

「これですよ」

昼下がりの医局で、コーヒーを啜りながら一服していた部長に、若い医者が新聞を広げて見せた。

　そこには、不審死をとげた高齢の資産家の遺産が、婚姻届を出したばかりの妻の手に渡った、という記事を載せている週刊誌の広告が掲載されていた。

「何だい、そりゃ」

「ほら、遺体の血液から、青酸化合物が検出されたっていう話ですよ」

　こんな有名な話、ホントに知らないんですか、と言いながら、若い医者は、部長の顔をのぞき込んだ。

　その広告には、婚活サイトで相手を物色していた女に騙されて、結婚した直後に、一服盛られた疑いが……なんぞという、おどろおどろしい見出しが躍っている。

「もし、ここに書いてあることが間違いないとしたら、怖い話ですよね、先生」

「フン、俺には、まったく縁のない話だね、第一、俺は高齢者ではないし、そもそも、大金なんか持ってないさ」

　俺が、危ないサイトのそんなバカな話に引っかかるはず、ないだろ、と、部長は口を尖らせながら、若い医者を睨み付けた。

「そんな風に、自分は大丈夫だと思っているのに限って、引っかかるんですよ、先生」

　オレオレ詐欺と同じですね、と笑いながら、若い医者は、新聞を閉じた。

「でもさあ、青酸化合物なんかを、遺体の血液中から、よく見つけたよなあ」

だって、高齢者が、外出先で、予期せずに突然倒れて死んでしまったからといったって、普通は急病によるものと判断されて、そんな血中の毒物の有無なんぞ、誰も調べたりなんかしないさ、と部長は続けた。

「そうですよね、たとえ病院に担ぎ込まれた後で死亡が確認されたとしても、普通だったら、医者も、循環器系か中枢神経系の急病によるもの、と思いますよね」

「だろ？　ま、もっとも、それが我々の救命センターだったら、警察に届けて、監察医務院の検案を受けるということにはなるんだけど……」


監察医務院（東京都監察医務院）というのは、死体解剖保存法により設置されている行政機関であり、その第八条に基づき、管轄地域（この場合、東京都二十三区内）で発生したすべての不自然死（死因不明の急性死や事故死など）について、監察医が死体検案（死体の外表を検査して死因等を判定すること）を行い、そしてこの検案により死因が不明の場合は、行政解剖と称される解剖（肉眼的観察だけではなく、顕微鏡による病理組織検査や、採取された血液や尿、胃内容物の薬毒物検査までを含む）を実施して、その死因を明らかにするという業務を担っている。

そのために、東京都監察医務院には、通常の解剖施設の他に、遺体のオートプシー・イメージング（死亡時画像病理診断）を行うためのＣＴ装置や、遺体から採取されたサンプルの薬毒物の分析装置までもが整備されているのである。

　こうした監察医制度が存在するのは、東京、大阪、名古屋、横浜および神戸といった都市に限られており、それ以外の地域では、十分な死因究明が行われていない可能性が指摘されている。

　つまり、監察医制度が整備されていない地域では、犯罪行為等が見逃されてしまう恐れがあるということなのだが、逆に言うと、そうした地域で、血液中の毒物検査をやろうか、というようなケースは、それがよほど不自然な、あるいは犯罪のにおいを漂わせている死体だということを意味しているのである。

「その女というのが、かなり胡散臭い女だったんでしょうねえ、きっと」

　若い医者の言葉に、部長が頷いた。

「だけど、よくそんな青酸カリなんかの毒物を、一般人が手に入れることができるよね」

「先生、今は、何でもインターネットで簡単に手に入る時代なんですよ、眠剤でも、毒薬でも、青酸カリでもなんでも……と、若い医者は訳知り顔で応じた。

「眠剤か……そういや、以前こんな話があったなあ」

　ありゃ確か、数年ほど前のことだったと、部長がコーヒー・カップをテーブルの上に置きながら、話を続けた。

ＥＲで当直をしていた時、いつものように、ウォークインの患者でごった返していた週末の夜だったかな、近隣の救急隊から、「急性アルコール中毒」と思しき意識障害の患者の収容要請が入ったんだ。

早い話、中年のオヤジが、居酒屋で飲み潰れてしまったという訳だ。

――「先生、お願いしまあす」

――「何だよ、こんな忙しい時に、酔っ払い拾ってきたのかよ」

――「はあ、申し訳ありません、ですが、普通の酔っ払いとは、ちょっと違うような気がするんですが……」

――「ん？　どれどれ」

診察室に担ぎ込まれた患者は、頭の方はちょっと薄くなってたけど、そこそこ高級そうなスーツを身につけていて、診察室の処置台の上に仰向けに寝かされてるんだが、顔つきは泥酔というほどには乱れてなくて、酒のにおいもあまりしなかったんだ。

むしろ、規則正しく寝息を立てて、すやすやとよく眠ってるという印象、だったかな。

――「どこで、倒れてたって？」

――「はあ、普通の居酒屋なんですが、他の席からはあまり見えない一番奥の個室の中です」

――「連れは？」

――「お店の人の話では、最初は連れが一緒だったような気がする、ということだったんですが……」

――「名前は？」

――「それが、ポケットには身元を示すようなものは、何もなくて、ですね……」

それを聞きながら、ねえねえ、おとうさん、目ぇ開けてよ、ね、おとうさん、って、声を掛けていたんだけど、急に思いついてさ、点滴のルートを取ってから、ちょいと内緒の薬を打ってみたのよ。

そしたらさ、その患者が、突然目を開けてね、がばっと、起き上がったのさ。

――「お、おとうさん、わかる？　ねえ、わかりますか」

――「…………」

――「ここ、病院だよ、ねえ、大丈夫？」

その後、急に動きが激しくなって、キョロキョロ周囲（あたり）を見回しながら、自分の手を、胸に当てたり、尻に持って行ったりしてるんだよ。

――「おとうさん、どうしたの、わかる？　ここ、病院だよ、病院、ねえ、おとうさん」

——「な、ない、ない……」

——「えっ？　何が、ないって？」

——「や、やられた！」

　そう言って、処置台から転げるように降りたかと思うと、点滴を引きちぎって、そのまま出て行ってしまったんだ。

　追いかけていくと、待合室の中を、裸足(はだし)で右往左往してるんだよ、これが。

——「ちょ、ちょっと、誰か、早く止めろよ！」

　暴れ出したりでもするのかと訝(いぶか)っていたら、その後、待合室の中で焦点の合ってないような目つきになっちゃってさ、腰が砕けて床にへたりこんじゃってね。

——「おおい、手ぇ貸せ、もう一度、診察室に運ぶぞ！」

「先生、その内緒の薬って、ひょっとして……」

「ああ、フルマゼニルだよ」

　肩をすくめながら、コーヒー・カップを口元に運んでいる部長に向かって、やっぱりね、といった顔で、若い医者が頷いた。

「フルマゼニル」は、比較的入手しやすい催眠鎮静剤・抗不安剤の一つであるベンゾジアゼピン（ベンゾ）系薬剤の拮抗薬で、本来は、ベンゾ系薬剤による鎮静下においてコントロールされた麻酔や検査の後で、その薬効を解除するために用いられる。

そうした効能により、何かの睡眠薬（眠剤）を服んだがために、正体なく眠り込んでしまっていると思われる患者に対して投与すると、それがベンゾ系の眠剤だったとすれば、速攻、目を覚ましてくれるという代物なのである。しかし、この薬剤は解毒剤ではなく拮抗薬であり、しかもその効果の持続時間が短いので、服んだ眠剤の量が多ければ再び眠りに落ちてしまう、ということがしばしば経験される。

その覚醒している短時間の隙に、患者本人に問い質し、実は自ら大量に眠剤を服んだのだと白状させる、なんぞという芸当が、例えば、原因不明の意識障害で担ぎ込まれた患者の鑑別診断をする時の裏技として、時に救命センターのような所で行われることがある。

ちなみに、このベンゾ系の眠剤について、最近の状況は寡聞にして知らないが、かつて、六本木や新宿などの繁華街の怪しげな場所で、そんなもの、いったい何に使うのか、もちろん良からぬことに使うに決まっているのではあろうが、夜な夜な盛んに売り買いされていたという話がある。

「ということは、先生、その中年オヤジ……」

「そうなんだ、昏酔強盗の被害者だった、というわけ」

娘ほどの年齢の若い女に声を掛けられて、きっと下心丸出しで鼻の下でも伸ばしていたんだろうさ、一服盛られて意識を失っている間に、有り金全部持っていかれたってことよ、まあ、不幸中の幸い、どこぞの話のように、命までは取られなかったんだけれどね、これが、と部長が応えた。

「ホント、ここら辺りも物騒だよなあ、まったく」

「ね、やっぱり、気をつけて下さいよ、先生」

「わ、わからん奴だな、だから、そんなこと、俺には無縁の話なんだって、言ってんだろ」

笑いを堪えている若い医者に向かって、少しばかり気色ばんで見せながら、部長は、カップに残っていたコーヒーを飲み干した。

と、突然、医局の入り口辺りから声が聞こえてきた。

「やられちゃいました、部長」

揃って振り向いた二人の視線の先には、昨日の当直明けの医者が、肩を落として立っていた。

「えっ、何だって、おまえさん、カモられたのか？」

何のことでしょう、はあ？　違いますよ、と言いながら、その医者が続けた。

「ほら、部長が朝おっしゃってた、例の、意識障害の患者のことですよ」

＊

「もう一人、意識障害の患者がいます」

前日に搬送されてきた患者の情報を申し送る毎朝のモーニング・カンファレンスで、当直明けとなる医者が、天井から吊り下げられたスクリーン上に投影されている電子カルテの画面をスクロールしながら、プレゼンテーションを続けている。

「えーと、患者は三十八歳の男性、一一九番の入電は、本日未明の三時五十一分、内容は、散歩中の通行人が、公園の植え込みの中で、仰向けに倒れている男性を発見、声を掛けたところ、突然、ウウという唸り声とともに、けいれんしたというものです」

「そりゃまた、怪しい話だよね」

こんな季節の、そんな時間に散歩だって？　ま、それが本当だとしても、しかし、何だな、そんなところに倒れていた男が、突然けいれんを始めたっていうんなら、恐怖が先に立っちゃって、俺だったら救急車なんか呼ばないで、とっとと走って逃げちゃうけどな……。

部長の、いつもの愚にもつかないコメントは聞こえぬ振りをしながら、当直医は話を続けた。

「救命センター到着時、けいれんは認めませんでしたが、意識レベルは三桁、瞳孔不同なく、脈拍一二〇、血圧一八〇の一〇〇、流涎が強く認められ、その所為で気道の開通が不十分なのか、酸素を投与しても、サチュレーションが九〇％前後に低下し……」

「アルコールは？」

「……いえ、特に臭いませんでした」

「体表に、何か傷があった？」

「そんなものは、特に……」

「そう、で、どんな恰好してたの、公園内のホームレスもどきって感じなのかい？」

「……普通の会社勤めをしているような、上下スーツ姿でしたけど、それが何か」

なかなか先に進めさせてくれない部長の問いかけに、少しばかり苛ついたような調子で、当直医は応えた。

「いやいや、状況があんまりよくわからないんでね……で、何で、年齢が三十八歳だと？」

「はあ、後になって、運転免許証がズボンのポケットから見つかりましたので……」

なるほどなるほど、身元は判明してるって訳か……と、部長は腕を組みながら独りごちた。

「続けても……いいですかあ、先生」

「あと一つ、救急車には、誰かが一緒に乗ってきたかい？　その通行人だか、通報者だかが、さ」

「いいえ、隊長の話では、自分たちが現場に到着した時には、傷病者が倒れているだけで、傍らには誰もいなかったということでしたから」

そんなことに何か大きな意味があるのか、とでも言わんばかりに口を尖らせながら、当直医はプレゼンテーションを進めた。

「患者がそんな状態でしたので、直ぐに気管挿管を行い、人工呼吸管理を開始した後、意識障害の原因の検索に移りました」

当直医は、スクリーン上に頭部のＣＴ検査やＭＲＩ検査の画像を映し出すべく、手元のマウスを操作した。

「最初、けいれんが間違いなくあったのだとしても、少なくとも、画像的には、けいれんを引き起こすような、脳出血や脳梗塞、脳腫瘍の類、外傷性の血腫や脳挫傷、あるいは大動脈解離などといったものは、一切、確認されませんでした」

その他、心電図や心臓超音波検査、血糖値をはじめとする各種採血データ等を検討したのだが、これといったものがなく、意識障害の原因としては、例えば、てんかんなどの機能的疾患を考えていると、当直医は付け加えた。

「『薬』や『毒』ってことは？」

「いやあ、何らかの急性中毒を疑わせるような、そんな印象は、ありませんでしたね」

「そうかい？　俺のアンテナには、何か、こう、引っかかってくるものがあるんだがなあ……」

こんな時の俺の第一印象って、これが案外、当たるんだぜ、と部長が嘯いた。

「そりゃ、安っぽい刑事ドラマの見過ぎですよ、先生」

採尿して、ひと通り薬毒物の簡易検査もしてみたんですが、何の反応もありませんでしたから……と、当直医は、呆れたような声を出し、このまましばらく経過を観察するつもりであると、今後の方針を告げた。

「ところで、家族は？」

「はあ、まだコンタクトが取れてません」

「もちろん、警察には連絡してあるんだろうな」

「え？　け、警察ですか？」

部長の問いかけに、どうしてですか、第三者による加害行為の結果ということでもなさそうですし……と、当直医は、怪訝そうな顔をして見せた。

＊

「ああ、例の怪しげな、あの患者さんね、その患者さんがどうしたって？」

気を取り直した部長が、サーバーからコーヒーを注ぎ足した。

「それがですね、当直明けで仮眠室にいたんですが、PHSが鳴って、たたき起こされてしまいまして……」

件の患者は、午近くまで昏睡状態が続き、大人しく人工呼吸器に繋がれていたが、突然目が開いたかと思うと、直ぐ傍にいたナースの制止も間に合わないほどの電光石火の動きで、人工呼吸のために気管の中に挿入されていた気管チューブは引き抜くわ、腕に入れられていた点滴は引き抜くわ、それまでとはまるで別人のように、大暴れをしたとのことであった。

自分がベッドサイドに駆けつけた時、ちょうど、昼の面会時間になっていたため、隣のベッドの患者の家族が、声を上げて逃げ惑っているような状態であったと、当直医は付け加えた。

「その直後に、警察から連絡があって、ですね……」

病院からの通報を受け、所轄の警察が現場の公園を確認したところ、倒れていた辺りの植え込みから良からぬ物が見つかり、その頃ちょうど、患者の妻に連絡がつき、事情を聞いてみると、最近、怪しげな「薬」に手を出していたようだという情報が得られたとのことであった。

「だから、患者を病院内に押さえておいて欲しいと……」

当直明けの医者が、そう言いながら、憮然とした表情で腕を組んだ。

「良からぬ物って？」

「ほら、今流行の『危険ドラッグ』ってヤツですよ、先生」

かつては「合法ドラッグ」と呼ばれ、その後は、「脱法ハーブ」などと称されて出回り、最近では、その人体への危険性をさらに強調するために、文字通り「危険ドラッグ」と呼ばれている有害薬物の一群がある。

そうした薬物に含まれる成分は多岐にわたるが、主に、合成カンナビノイド類やカチノン類と呼ばれる化学物質が使われている。

前者は「大麻」の成分に似たものであり、「ダウナー系（鎮静系）」とされ、後者はいわゆる「覚醒剤」の主成分に類似しており、「アッパー系（興奮系）」と呼ばれている。

巷間出回っている「危険ドラッグ（ハーブ）」には、こうした成分が複合して含まれており、それらを摂取すると、多幸感や陶酔感といった感覚を味わえるとされるが、それが昂じると、幻覚・妄想をはじめとして、不穏、失神、意識障害、けいれん、不随意運動、呼吸困難などなど、様々な精神的、肉体的症状が出現する。

特にダウナー系とされる「危険ドラッグ」を使用した状態で車の運転が行われ、その結果として悲惨な事故が多発していることは、よく知られている。

　他人に危害を及ぼすような事態にまでは至らずとも、例えば、家庭内で奇声を発するなどした後で、急に意識がなくなったり、あるいは、外出先で突然けいれんして倒れてしまったり、というように、一見、何か重大な病気を発症したかのような症状を呈することがあり、本来ならその必要もないのに、重篤な急病人と誤認され、救急車で救命センターに担ぎ込まれてきてしまうということが、時折見受けられるのである。

　また、当局との「イタチごっこ」と形容されるほどに、その成分が目まぐるしく改変されて流通したり、あるいは「大麻」や「覚醒剤」などのように、患者の尿を採取して調べれば、その摂取の事実が直ぐに判明するといった、救急医療の現場で用いることのできる簡易検査が、現時点でまだ実用化されていないことが、さらに事態を難しくしていると言われている。


「で、どうしたよ、その患者は？」

「何とか押さえ込みましたがね、しかし、その後もまだ、訳のわからないことを口走ってたんで、しょうがない、鎮静剤を使いましたよ、先生」

　だけど……「危険ドラッグ」を吸って昏睡状態で担ぎ込まれてきたような奴に、せっかく意識が戻ってきたっていうのに、また薬を盛らなければならないなんて、いったい自分は、何やってるんですかねえ……と、当直明けの医者が、自嘲気味に独りごちた。

「まあ、そう腐るな、ベンゾ系なんぞと違って、『危険ドラッグ』には解毒剤や拮抗薬があるわけじゃないんだし、治療としては、対症療法をするしかないっていうのが、まさしく教科書に書いてあることなんだからさ」

部長は、こういう時は、「ドラッグ」が完全に抜けるまで、お守りするしかねえんだよ、と労いを込めて言った。

「それより……な、やっぱ、俺の言った通りだったろ？」

こうなると、一一九番に通報したっていう奴も、実は、一緒に悪さしてたんじゃあねえのかあ、だからさあ、救急車を呼んでおきながら、自分は、その場からいなくなっちゃったりなんか、しちゃったりなんかして……。

いかん、部長の十八番のフレーズが出てきたぜ、こうなると、ホント、鬱陶しいから、と顔を見合わせた若い医者と当直明けの医者は、そそくさと医局を後にした。

——おおい、だからさあ、俺の話を聞けよ……。

虐待

幼い子供たちに対する虐待、そんなおぞましい事件や裁判の報道が、連日、テレビやネット上に溢れています。

そうしたニュースがやり切れないのは、実の親が我が子を傷つけ、終には死に至らしめてしまう、それこそ「鬼畜」と呼ばれるような残忍性が人間の心に宿っているという冷酷非情な真実を、否応なく目の当たりにすることになってしまうから、というばかりではありません。

そんな子供たちの死が、決して抗いようのない必然の運命、例えば、まだ治療法の見つかっていない難病の故にもたらされたといった類のものではなく、実は、周囲の大人たちの、ほんの少しの関心やちょっとしたお節介だけで、間違いなく防ぎ得るものだったということが、それらの事件の裁判の記録などによって、白日の下に晒されてしまっているからだろうと思います。

そういった意味で、我々の記憶の中に、痛恨の極みとして深く刻まれている幼児虐待事件があります。

平成二十二年一月、東京都江戸川区で起きた、小学一年生の岡本海渡くん虐待死事件がそれです。

事が明るみに出たのは、その海渡くんが、我々の救命センターに搬送されてきたことが発端でした。

当時七歳だった海渡くんが、その日の夜、自宅で継父（実母の結婚相手）から説教を受けている時に、突然、過呼吸をきたし意識消失してしまったというのが、救急車が要請された理由でした。

当初、脈を触れることができていたようなのですが、程なくして心肺停止状態に陥ったため、救急隊の判断で、当院の救命救急センターに搬送となったもので、収容後も継続して続けられた心肺蘇生術で、一時は脈が戻ったのですが、結局は数時間後に、亡くなってしまったのです。

原因不明の心肺停止症例ということで、死亡確認後、いつものように所轄の警察に連絡をしたのですが、その段階で、海渡くんの体の表面に、不自然な皮下出血や、火傷の跡のような傷のあることが気になっていました。

そして後日になり、海渡くんの死は、その日、継父と実母双方から、殴る蹴るの折檻を受けたためであったということが判明したのです。

それだけで終わっていれば、冷酷な親の手にかかった悲惨で不幸な虐待死ということで、我々の記憶から、時を置かずに消えていってしまうところだったのでしょう。

が、しかし、実は、海渡くんは、その前年に、当院の脳外科に入院していたことがあり、しかも、その理由が、件の父親と遊んでいる時に、父親が、抱きかかえていた海渡くんを誤って頭から落としてしまい、その結果、頭の中に血の塊ができるというケガを負ってしまったためだったというのです。

後日の調査で、すでにその段階で、海渡くんが虐待を受けているかも知れないという一報が、かかりつけの歯科医師から行政の方に上がっていたらしいということが判りました。しかし、通っていた小学校や、子ども家庭支援センター、児童相談所などといった組織間の連絡がうまくなされておらず、海渡くんの家庭への介入には至っていなかったということも、同時に明らかとなりました。

結局、頭の傷が癒え、脳外科病棟から退院する段になっても、そうした情報は伝わってはいませんでした。

それに、実はその時、病棟のベッドの上で一人だった海渡くんが「お母さんがいなくて、さみしい」と言っていたのです。そんな言葉を耳にすれば、まさか、両親から虐待を受けているなどとは、誰も夢にも思いませんでした。

迂闊(うかつ)でした。本当に慚愧(ざんき)に堪えないのですが、しかし、そんな状況下で、海渡くんの頭のケガが不慮の事故ではなく、虐待によるものかも知れないなどと疑ってかかることは、我々にはできなかったのです。

後日、調査委員会による検証会議が催されたのですが、その中で、当院の外来に連れてこられた時や脳外科病棟に入院した段階で、誰でもいいから、海渡くんにかかわったスタッフの一人でも、「この子、何でケガなんかしちゃったのかしら、まさか、ひょっとして、虐待?」というちょっとした疑いを抱き、あるいは、その疑いを払拭しようとさえしていれば、海渡くんが、数ヶ月後にCPA状態になって戻ってきてしまうということは、間違いなくなかったはずだと結論されたのです。

いずれにしても、この海渡くん虐待死事件が、我々の脳裏には深く深く刻み込まれ、それ以降、幼い子供たちが我々の病院を受診した時、決して、その子供たちを、第二の海渡くんにしてはならないという思いが、常に我々の心の中にはあるのです。

＊＊

「昨日は、子供受難の日でしたね」

連休明けの朝、いつものように、救命センターの申し送りが始まった。

「えーと、先ず一人目は、三歳一ヶ月の男児、自宅寝室の出窓からの墜落です」

「三歳？　墜落？　自宅って、何階建てなの、まさか、CPA？」

勘弁してくれよ、休み明けの一発目の申し送りが、幼児の外傷性心肺停止症例なんてえのは……と、部長が声を上げた。

そんな部長からの矢継ぎ早の問いかけに、申し送りを担当する昨日の当直医は、頭を横に振りながら、電子カルテの操作を続けた。

「いえいえ、CPAではありませんが……えーと、自宅はマンションの六階、ですね」

「へえ、それで、生きてるのか」

「はあ、自宅寝室の出窓から、地上に落ちちゃったってことなんですが、どうやら、落下した先が柔らかい植栽の上だったようで……」

救急隊が現場に到着した時には、患児は母親の手に抱きかかえられており、火が付いたように泣いていたとのことでした、と当直医が続けた。

「全身の精査を行ったんですが、結局の所、左の大腿骨の骨折だけ、ということに」

そう言いながら、当直医は、レントゲン写真をスクリーン上に映し出した。

本来なら一本の節のない真っ直ぐな竹筒のように見えるべき大腿骨が、ちょうど袈裟切りをされたように上下に分かれており、折れた部分の下の方（遠位部）の大腿骨の、刀の切っ先のような先端が、太もも外側の方向に向かっているのが示された。

顔面や四肢に、擦過傷が多数ありましたが、幸い、頭部、胸部および腹部の内臓関係に、いずれも大きな損傷は認められませんでした、と当直医は続けた。

折れた左の大腿骨は、徒手整復を行い、現在は、三キログラムほどの錘で、牽引を掛けているところです、と主治医となった整形外科医がつけ加えた。

「なに、この左大腿骨骨幹部の斜骨折だけで、本当に済んでいるのかい、へええ、そりゃまた、奇跡的だよね」

主治医たちの説明に、部長は、落ちたところが、よっぽど柔らかいクッションのような植え込みの中だったんだろうなあ、きっと、としきりに感心したような声を上げた。

と、部長が一転、怪訝そうに顔をしかめた。

「っていうか、六階から墜落したっていうのは、ほんとに間違いないのかい」

ええ、付き添ってきた警察官の話だと、道を挟んで建っている隣のマンションの住人が、自分の部屋からその瞬間を目撃していたようですよ、と当直医が付け加えた。

「その住人が緊急通報したそうで、きっと肝を冷やしたでしょうねえ、その方も」

「おいおい、それだったら、止めてやれよ！」

「えっ、ま、まさか、落ちてくるのを受け止めろって、言うんですか、先生」

「いや、そうではなくてさあ、あっ、危ない、落ちるぞう、とか何とか叫んだら……」

「通りを挟んだ向こう側なんだろうし、そもそも、相手は三歳の子供ですよ」

そんなこと、できるわけないじゃないですか、と当直医は呆れ顔で部長を見た。

「だけどさあ、三歳の子供が、何でそんなところから墜落なんかするんだよ、ま、まさか、親が投げ落としたっていうんじゃ、ねえだろうな」

最近は、訳のわからん親が、ほんと、多いんだから……と、部長が独りごちた。

「いえ、本人がその窓から下をのぞき込んでいたところ、そのまま落ちちゃったって」

母親の話ですと、寝室の出窓の傍にベッドが置いてあり、その上にその子が立つと、出窓の柵よりも上に顔が出るほどの身長だったらしく、普段からよく、下を眺めていたみたいで、危ないなあとは、思ってたというんですよ、と主治医が話を繋いだ。

「何なんだよ、それがわかってたんだったら、ベッドの位置を変えるとか、窓にチャイルドロックをつけておくとか、何とかしとかなきゃあ」

それじゃあ、親が投げ落としたのと、何も変わらないじゃねえかよ、ったく、最近の若い親たちときたら……と、部長が声を荒らげた。

「……えーと、次も、幼い子供のケースです」

話が終わらなくなってしまうと思った当直医は、部長の声が聞こえない振りをして、申し送りを先に進めた。

「そうそう、頭に血が昇っちゃって、さっきは言い忘れてたけど、ちゃんと届けてあるんだろうな」

申し送りが終わり、医局で遅いモーニング・コーヒーを飲んでいた部長が、当直明けの若い医者に語りかけた。

「二人の子供の件ですよね、ええ、いずれも、警察には連絡済みです」

六階から墜落した方は、現場で既に警察官が入っていましたし、二人目の方も、救命センター収容後に、所轄には一報を入れておきました、と若い医者が応えた。

その日の二人目の子供のケースというのは、生後十一ヶ月の女児である。

ようやくつかまり立ちができるようになった頃で、母親が一瞬目を離した隙に後ろ向きに転倒、フローリングの床で後頭部を強打してしまい、直後に全身性のけいれんが出現したため、母親が救急要請したとのこと、そのけいれん状態が持続していたため、救急隊が重症と判断し、救命センターに搬送されてきた症例であった。

「さっきのプレゼンだと、左側の、結構大きな急性硬膜下血腫だったよな」

「はい、直ぐに緊急開頭手術になったんですが、万が一の場合、外因死ということになってしまいますので、それで警察には、一応、連絡しておきました」

病院に収容された患者が死亡した場合、入院の理由となった病気（内因）や、それに伴って発症した余病がその死因であれば、一般的に、主治医が死亡診断書を発行することができる。

しかし、交通事故や高所からの転落によるケガや、川で溺れたところを救助されたなどの理由（外因）で収容され、治療の効なく死亡に至った場合は、外因死とされ、通常は、警察による遺体の見分、検視あるいは検死を受けなければならない。

また、死に至らないような軽微な場合であっても、交通事故や加害行為のように、外因として第三者が関与する場合は、当然のことながら警察の介入が必要となるのだ。

「いやいや、警察じゃなくて……」

部長は、警察への届けはもちろんとして、それよりもっと大事なことは、ＣＡＰＳの方だよ、と若い医者に語った。

ＣＡＰＳというのは、Child Abuse Prevention System の略で、日本語では、「子ども虐待予防委員会」となる。

医療機関によっては、ＳＣＡＮ（Suspected Child Abuse & Neglect）チームや、ＦＡＳＴ（Family Support Team）などと称している場合もあるが、いずれも、専門的には子ども虐待対応院内組織（Child Protection Team）と呼ばれているものである。

「いいえ」

「なら、直ぐに連絡して」

「……って、先生、この二つの症例、いずれもいわゆる幼児虐待にはあたらないと思いますが」

ま、一例目の墜落の方は、確かに少しばかり能天気な親だとは思いますが、二例目と同様に、不慮の事故であることには間違いないでしょうから……と若い医者は首を傾げた。

「違う違う、そりゃおまえさん、勘違いをしている」

コーヒーを一口啜りながら、部長が続けた。

「いいかい、幼児虐待や、幼児虐待が強く疑われるケースだからＣＡＰＳに連絡する、というわけでは、決してないんだぜ」


原因がどうあれ、救命センターに担ぎ込まれてくるような重いケガや病気を負ってしまった場合、そうした子供を抱えている家庭は、肉体的にも精神的にも、大きな負担を強いられることになる。

例えば、患児と似たような年格好の幼い兄弟姉妹がいる家庭であれば、その子供たちの世話もこれまで通り続けていかなければならないのだし、運良く救命センターを退院できたとしても、その後も病院通いをしなければならないかもしれない。あるいは、後遺症でも残ってしまおうものなら、その子のケアを続けていくために、それまでの生活を一変させなければならないかもしれない。

幼い子供のいるような若い夫婦にとっては、経済的にもとてもそんな余裕はないだろうし、まして、それが離婚家庭やシングルマザーの場合だったりすると、家族の生活自体が立ちゆかなくなってしまうこともあり得る。

いずれにしても、結果として、ケガや病気をした子供たちが十分な治療や養育を受けられなくなるという不利益を被ってしまう可能性が考えられるのだが、残念ながら、病院は医学的なケアはできるが、そうした実生活の面倒まで見ることはできない。

しかし、行政を含めて、そうした家庭をサポートしてくれる制度や事業が幾つもあるので、それを有効に使いこなしていくためにも、早いうちから行動を起こしておく必要がある。

そのためのノウ・ハウを熟知している窓口が、当院の場合は、ＣＡＰＳということになるのである。

「だから、幼い子供が入院してきたら、とにかく、その一報をＣＡＰＳに連絡しておかなければならないんだよ、わかったかい」

そう言って、部長はまた、コーヒーを啜った。

なるほどねえ、と言いながら、若い医者は何度か頷いて見せた。

「私はまた、CAPSの中に、abuse つまり虐待という言葉が入っているので、親たちが虐待している、とちくる窓口かと思ってましたよ」

CAPSは、先述した如く、Child Protection Teamの一つの形態であるということからも分かるように、その一義的な役割は、子供を守ることである。

その一環として、もし、そのケガが虐待によるものであるとするならば、医療機関には、医学的な治療行為と同時に、その子が、二度と虐待に合わないように、生活環境を整備することが求められているのである。

そのためには、先ず、それが本当に虐待によるケガだったのかどうか、もしそうであるなら、誰が、どの様に虐待していたのかということを、直接その親たちと接触して、調べていかなければならない。

しかし、容易にお分かりいただけると思うが、そうした作業を、実際にケガの治療に当たっている主治医サイドで行うわけにはいかない。何故なら、主治医が、患児の親たちに対して、「私たちは、あなた方が虐待を行ったと疑っている」なんぞという素振りを少しでも見せてしまえば、治療上もっとも重要な患児家族との信頼関係が崩れてしまうからである。

それ故、多くの医療機関では、主治医には最初のスイッチを入れてもらうだけで、虐待があるかどうかなどの詮索や調査に関しては、全く主治医が関わらない形のCAPSのような第三者的システムで行うのである。

「そ、そうですよね、親に向かって、その子のケガは、あなたたちの虐待のせいですか、なんて、まさか、聞けないですよねえ」

私には、とてもそんなこと、できません、とその若い医者は首をすくめた。

「だろ、だからさ、そんな子供たちが入院してきたら、さっさとCAPSに連絡して、後のことを任せてしまえばいいのさ」

虐待とかの可能性がなければ、それで終わりだし、万一虐待の可能性があるというのならば、それこそ、早々に手を打ってもらえばいいわけだから、と部長が笑った。

「ま、お前さんの言う通り、不慮の事故だっていうんだったら、二つのケースとも、それ以上の大事にはならないと思うよ、きっと」

その若い医者が、先生、意外な展開になりました、と言いながら、部長室に駆け込んできたのは、それから一週間ほど経ってからであった。

「何だよ、意外な展開って」

「ほら、先週の連休中の、外傷の子供たちの件ですよ」

「連休中の外傷？　ああ、乳幼児の……」

それがどうしたって、といいながら、部長は若い医者に椅子を勧めた。

「それが、児童相談所に通告することになったたって」

「児相に通告？」

医療機関が児相すなわち児童相談所に通告をする、というのは、その医療機関で診療中の子どもが、虐待を受けている可能性が高いと判断し、その旨を管轄の児童相談所に通知、以後の対応を依頼するということである。

「だけど、お前さん、不慮の事故だと言ってなかったたっけ、出窓から落下するのを、誰かが見てたとか何とか」

そうか、やっぱ、あの母親が投げ落としたのか……な、俺の言った通りだったたろ、と言いながら、部長が訳知り顔を見せた。

「ち、違いますよ、先生」

「えっ？　そうじゃないの」

児相に通告されたのは、二人目の頭部外傷の方だと、若い医者は話を続けた。

「墜落の方は、受傷状況が明らかになっていますし、受けた傷も、それで十分に説明がつくということで、ＣＡＰＳは『シロ』と判断したようですね」

ただし、あそこは離婚後の母子家庭で、経済的なことを含めて母親の育児そのものに問題がありそうだということで、退院後は、地域の子ども家庭支援センターにつないでいくそうです、と付け加えた。

「そうなのか、だとすると、なんであの頭のケガの方が虐待って思われたんだろ、あっちの方が、よほど不慮の事故っぽいんだけどなあ」

そう言いながら、部長は腕を組んだ。

主治医サイドから一報を受けたＣＡＰＳが行うことは、先ず、子供の受けた傷そのものが、いわゆる虐待に特徴的なそれかどうかということと、そのケガの状態が、親や保護者たちが申告している受傷の状況で、きちんと説明ができるものなのか、ということについての医学的検討である。

件の二人目の女児は、急性硬膜下血腫という臨床診断で緊急手術が行われていた。

脳味噌というのは、硬い頭蓋骨に囲まれた空間の中に存在しているのだが、その脳味噌は、「軟膜」「くも（蜘蛛）膜」「硬膜」と呼ばれる三重の膜によって覆われている。

軟膜は脳味噌の表面に密着している薄い膜であり、その外側を、ネット状のくも膜が覆っている。さらにその外側に、硬い厚みのある硬膜が存在している。

このくも膜と軟膜との間には、ちょうど蜘蛛の巣が張っているような空間（くも膜下腔）があり、そこは、髄液と呼ばれる液体によって満たされている。脳味噌は、この髄液の中に浮いているような状態である。さらにその外側、くも膜と硬膜との間に存在する空間を硬膜下腔と呼ぶが、そこにはくも膜下腔のような髄液は存在しない。

この硬膜下腔に、何らかの理由で急速に血液が貯留し、脳味噌を圧迫してしまう病態を、急性硬膜下血腫と呼ぶ。

例えば、交通事故や転倒事故などで、頭部を激しく強打した際によく見られるのであるが、それ以外に、架橋静脈という血管の破綻による場合がある。

この静脈は、脳味噌から硬膜下腔を経て、硬膜内にある静脈洞という太い静脈に合流するもので、幾本もの架橋静脈が脳味噌の表面から出ている。そのため、髄液の中に浮いている脳味噌は、さらにこの架橋静脈によって、硬膜につり下げられたような恰好になっている。

こうした構造のため、急速に前後に揺するような外力が頭部に加えられた場合、この架橋静脈が千切れてしまい、そこから流れ出た血液が硬膜下腔に貯留し、急性硬膜下血腫になってしまうことがあるのだ。

それは、例えば、首の固定力がまだ十分ではない乳幼児の両肩を持って、激しく前後に揺すったような場合に認められる損傷であり、まさしく、何かを言い聞かせようとして、あるいは悪意を持って、親が幼い子供を責め立てている場面が想起できる。

いわゆる「乳幼児揺さぶられ症候群」（SBS＝Shaken Baby Syndrome）と呼ばれる病態で、この急性硬膜下血腫や、同時に引き起こされると言われている脳味噌自体の損傷によって、最悪、生命を落としたり、あるいは、重大な後遺症を残す結果となってしまうものであり、乳幼児虐待によって引き起こされる典型的な外傷の一つだと考えられている。


「確かに、あの子、急性硬膜下血腫だったけど、だからといって、それが、虐待によるものって言えるのかい」

虐待の場合、この急性硬膜下血腫が相当高率で認められるのは間違いないけど、だけど、虐待以外でも認められることがあるんだから、乳幼児の急性硬膜下血腫すなわち虐待の証拠、ということにはならないはずなんだけどなあ、と部長が首を傾げた。

「それが、先生、出ちゃったんですよ！」

「出ちゃったって、何が？」

ＣＡＰＳからの依頼を受けた眼科医が、件の女児の眼底検査を実施したところ、両眼に相当ひどい網膜出血があったそうで、たった一度、後方に転倒したぐらいで生じたものとは、とても考えられないというコメントが出されちゃったんです、と若い医者が興奮気味に語った。

この急性硬膜下血腫と激しい網膜出血の併存は、現在のところ、虐待行為の存在を疑う上での有力な所見だと考えられているのだ。

「それで、ＣＡＰＳの方で、もう一度、母親に、救急車を要請した時の状況を確認したところ、どうも言ってることがあいまいで、二転三転していると……」

それ以外の普段の状況を尋ねても要領を得ず、ＣＡＰＳが別個に夫を呼んで、さらにその辺の所を確認したところ、虐待に関して、実は、夫自身も妻のことを疑っていることが判明したということでした、と若い医者が報告した。

「そうか、確かに、最初の状況については、母親一人だけの申告だったからなあ」

女の子が後方に倒れたっていうことを、例えば、第三者の隣人が、目撃していたわけではないか……なるほどねえ、と部長はしきりに感心してみせた。

「と、いうことで、こちらの方が、児童相談所への通告ということに……」

＊＊

二人の子供たちの、その後です。

一人目の男の子は、それからひと月ほど経った頃でしょうか、左脚にギプスを巻かれたままではありましたが、母親に抱っこをされて、笑顔で退院していきました。

二人目の女の子の方は、やはり、時間がかかりました。右半身に軽い障害が残ってしまったのですが、それでも、三ヶ月ほど経過した後に、自宅に帰ることができました。

その間に、実は、児童相談所の指示で、子供を両親から引き離す、「一時保護委託」という処置が実施されております。

母親による虐待行為が強く疑われたためでしたが、その間の両親に対する児童相談所の精力的な指導の結果、もう大丈夫だろうということで、ただし、今後も見守りを続けるとした上で、女の子を自宅に戻すこととなったのです。

蛇足ですが、この母親が、娘にいわゆるSBSをきたす虐待を行ったという咎で、警察の厄介になるということはありませんでした。

さて、二人の子供の命が無事に救われ、さらにはその親たちが、わが子に対する虐待の加害者として罪人になってしまうという事態を未然に防げたのは、きっと、あの海渡くん事件のもたらした教訓のおかげだと思っています。

それはまさしく、「子供のケガを見たら、親からの虐待を疑え」ということです。

もし、「親の虐待を疑っていたら、親との間に医療者としての信頼関係が築けない」

とか、「無実の親を冤罪(えんざい)に陥れてしまうかもしれない」などというきれいごとで、一瞬の躊躇をしてしまったら、子供たちは、最悪、生命を落とすことになるのです。

何ともはや、つらく、切ない話です。

が、しかし、幼い子供も診なければならない我々救命センターの原則は、「子供を守る」ということです。

だからこそ、心を鬼にして、「疑わしきは虐待」「疑わしきは通告」というスタンスを、肝に銘じておかなければならないのです。

それでは、また。

蘇生術

「それでは最終チェックを無事通過された皆様に、本日の講習会で、ＣＰＲに関する正しい知識を学んだ、ということを証明する『受講修了証』を授与することに致しますが、ちょっとその前に、本日一番大事な質問をしてみましょうか」

締めの挨拶のために登壇してきた筈の、講習会の主催者である救命救急センター部長の言葉に、居並ぶ受講生たちが怪訝そうに顔を見合わせます。

「突発・不測」に生じた「重症・重篤」な患者を中心に収容するべく設置されている救命救急センター、その救急医療の最後の砦が扱うべき病態の一つに、ＣＰＡと呼ばれるものがあります。

ＣＰＡとは、Cardiopulmonary Arrest の略で、通常、「心肺停止」もしくは「心肺停止状態」と訳されています。この言葉、最近では、テレビのニュースなどでも、よく使われるようになりました。

簡単に言えば、心臓の鼓動が止まって脈が触れず、呼吸もしておらず、意識もないという状態のことを指します。いわば、棺桶に片足を突っ込んでいる、あるいは、三途の川の真ん中にいるといった表現が当てはまるような、まさしく切羽詰まった危機的な瀕死状態です。

さて、こうしたCPAの状態は、病気やケガを含めて、実に様々な原因によって引き起こされるのですが、そのような状態の人に対して、まず最初に行うべき、医学的根拠に基づいた一連の処置や手技というものがあり、それらを通常、「心肺蘇生術」(CPR＝Cardiopulmonary Resuscitation)と呼んでいます。

一次救命処置および二次救命処置という二つの大きなステージに分かれているこのCPRは、日本も含めて、国際的にほぼ統一されたものが広く普及しています。

一次救命処置というのは、BLS(Basic Life Support)とも呼ばれるもので、CPA状態で倒れている人に対して、その場において、薬剤や特別な器具などを用いずに、原則として、救助する側の人間の五体だけを使って行われるステップです。

多くの場合、救急隊が現場に到着するまでの間、そこに居合わせた一般の人たちの手によって実施、継続されるべき手技であり、「気道確保」や「胸骨圧迫(いわゆる心臓マッサージのこと)」、マウス・ツー・マウスと呼ばれる「人工呼吸」がその中心となります。

一方、二次救命処置と称されるものは、ALS（Advanced Life Support）と呼ばれ、救急車の中や担ぎ込まれた救急センターなどの医療機関において、医師や救急救命士などの資格を持った人間が、酸素や各種の薬剤、あるいは気管挿管などといった、様々な医療資器材や手技を駆使して行うステップです。

一次救命処置であるBLSについて言えば、消防・救急関係者はもちろん、医療関係者や介護・養護関係者、あるいは警察関係者など、すくなくとも人命救助に関わる職種の人間にとっては、絶対に身につけておかなければならない、まさしく「イロハのイ」とでも言うべき基本的な知識であり手技なのです。

当然のことながら、そうした職種の場合、養成課程において、その履修が必須の課目ということになります。

また、自助・共助ということへの取り組みに熱心な小学校や中学校では、正規の授業でこのBLSの教育が実施されたり、あるいは、自動車の運転免許を取得する際に、教習所において必ず聴講しなければならない課目としてリストアップされたりしており、一般社会においても、かなりの数の方が、CPRというものについてご存じだろうと思われます。

いろいろな場所で、マネキンを用いた「胸骨圧迫」や、マウス・ツー・マウスによる「人工呼吸」などのシミュレーションを、実際に体験されている方も数多くいらっしゃるかもしれません。

さて、とは言うものの、こうした知識や手技は、一度手ほどきを受けたからといって、簡単に身につくというものではありません。

実際のところ、ＢＬＳをマスターする上で一番よい方法と言えば、ＢＬＳを継続的に、かつ、マネキンではなく、生身の人間で実践していくということなのですが、しかし、身近にＣＰＡの人が、そうそう転がっているなんぞということはあり得ません。

むしろ、大半の方にとって、そうしたＣＰＲを施さなければならない場面に遭遇することは、それこそ宝くじに当たるようなもの、一生のうちに一度、あるかないかといったことだろうと思います。

それ故、次善の策としては、せっかく学んだ知識や手技を忘れてしまう前に、再びＣＰＲについての講義を受けて記憶を呼び覚ます、いわばブラッシュ・アップ講習を受講するというのが最も現実的な方法でしょう。

これを定期的に続けることで、知識や手技について、一定の水準を保つことができ、いざという時に慌てないですむ、という寸法です。

さらに、こうしたＢＬＳやＡＬＳの内容は、決して万古不易(ばんこふえき)のものという訳ではなく、実は、年々バージョン・アップが図られているのです。

例えば、原則、ＢＬＳで必要とされているのは救助者の肉体のみ、と先に書きましたが、昨今では、それに加えて、心臓に電気ショックを与えることのできる自動体外式除細動器（ＡＥＤ＝Automated External Defibrillator）と呼ばれる電子機器を用いることが、スタンダードになっています。

あるいは、かつては、「胸骨圧迫五回に対して人工呼吸一回」とされていたのですが、過去のデータの分析に基づき、幾度かの変遷を経て、今では、「胸骨圧迫三十回に対して人工呼吸二回」というのがベストな組み合わせとされており、さらに、場合によっては、人工呼吸をせずとも、胸骨圧迫をするだけでも効果があるということになっています。

また、医療技術の進歩によって、例えば「経皮的心肺補助法」などと呼ばれる新しい人工心肺装置が導入されたり、「脳低温療法」などという新しいコンセプトの治療法が標準化されるなど、ＡＬＳについても、以前と比較して、その内容が大きく変化してきております。

こうしたＣＰＲに関する最新の知見をキャッチ・アップするためや、あるいは、先に述べたようなブラッシュ・アップができるような場所を提供するために、巷には、日赤や消防署をはじめとする様々な団体が主催するセミナーやセッション、講習会、研修会なるものが数多くあります。

特に、医療機関においては、医者や看護師はもちろん、そこに勤務するあらゆる職種の人間に対して、CPRについての研修が広く行われているのです。

下町にあるこの病院も例外ではなく、ほぼ月に一度のペースで、BLSやALSの講習会を催しているのですが、その運営を仰せつかっているのが、病院の救急部門の要である救命救急センターということなのです。


「CPRって、いったい、どんな人に対して行うんでしたっけ、はい、あなた」

そう言いながら、前列の椅子に腰を下ろしていた若い薬剤師を、部長が指名します。

「え、えーと、それは、脈が触れなくて、それから、呼吸もしていなくて……」

「ふむふむ、それから」

「それから……」

それ以外に、何かありましたっけ、といった表情で言葉に詰まってしまった受講生をそのままに、部長は、その隣に座っている二年目の研修医に向き直ります。

「脈が触れなくて、呼吸もしてなくて……それから?」

「それから、もちろん、意識もない人ですね」

若い研修医は、何わかりきったことを言わせてるんだとばかりに、部長の顔を睨み付けます。

「ホント? 意識がなくて、脈がなくて、そして、呼吸もない人、それがCPRをすべき対象、そうなのかい？」

＊＊

「やっぱ先生、ダメですね、ありゃ」

昼下がりの医局、いつものように部長がコーヒー・ブレイクとシャレ込んでいるところに、集中治療を専門とする救命センターの内科医が顔をのぞかせた。

「ダメって、誰のこと？」

「例の若い女性ですよ、ほら、蘇生後の……」

「蘇生後？　ああ、あの飛び込みの患者さんね」

高齢の患者で溢れかえっている下町の救命センターにあっては珍しい、と言ってもいいような、二十歳前と思しきうら若い女性の患者である。

「ほんとのところ、ＰＣＰＳまで入れて、ずいぶんと、粘ってみたんですがねえ、これが」

どうやら夕方までには決着がつきそうです、と言葉を継ぎながら、内科医は、医局の食器棚から自分のコーヒー・カップを取り出した。

「頭かい？」

「まあ、頭もそうですが、もう、循環が持ちませんね」

「そうか、条件がよかったんで、ひょっとして、と思ってたんだが……」

部長は、そう言いながら、腕を組んだ。

「で、身元はわかったのかい？」

「いえ、それは、まだ」

サーバーからコーヒーを注ぎながら、内科医が首を横に振った。

その返事に、まあ、かわいそうだが、仕方がないだろうなと、部長が独りごちた。

「やっぱり、飛び込む前に、連れてこなきゃあ、なあ」

「それじゃあ、落語の『手遅れ医者』じゃあないですか、先生」

気を取り直すような、いつもの部長の軽口に、内科医が力なく笑ってみせた。


東京消防庁の救急管制センターからのホットラインが鳴ったのは、一昨日の夕方遅くであった。

「どんな患者さん？」

「はあ、実はまだ、詳細は取れてないんですが、先ほど、S大橋の欄干から、下を流れるN川に、飛び込んだ人間がいるとの通報がありまして……」

この下町の救命センターのほど近いところを、N川は南北に流れている。

そこに架かっているS大橋は、片側二車線の幹線道路を通しており、交通量の非常に多い橋である。その両側には、車道とは対照的な申し訳程度の歩道が付けられているのだが、そこを通る歩行者は、普段からあまり見られないような、そんな橋である。

電話の向こうの指令官によれば、たまたま、S大橋を走っていたトラックのドライバーがその瞬間を目撃し一一〇番通報、そこからこちらに転送されてきた情報とのことで、現在、水難救助隊が出て捜索しているところである、ということであった。

「まだ、接触できてはいないんで、事前情報ということにはなるんですが、傷病者が確認できれば、そちらに収容をお願いしてよろしいでしょうか、先生」

「そりゃ、入水(じゅすい)ってこと？」

「はあ、目撃情報に間違いがないとすると、そういうことになるかと……」

「はいはい、わかりました、詳しい状況が判明したら、一報下さいな」

その夜の責任者である当直医が、ホットラインの受話器を置いて振り返った。

「だけど、S大橋って、川面(かわも)からの高さが、ずいぶんあるよな、確か」

俺はダメだな、高所恐怖症だから、あんなところの欄干に登った日にゃ、それこそ足がすくんじゃって、とてもじゃあないが、飛び込めないなあ、と当直医は、肩をすくめて見せた。

「先生、患者さんの年齢、性別は？」

「いや、まだ、わからないらしい」

当直医は、情報が正しいとすると、溺水だけではなく、高所墜落による外傷も合併しているかもしれないから、それを見越した準備をしておくようにと、集まってきた若い研修医たちに、指示を出した。

二報が届いたのは、それから十五分ほど経ってからのことであった。

「先生、性別がわかりました、女性です！」

「おっ、救助できたのかい？」

「いえ、警察からの情報です」

指令官によれば、S大橋上に設置されている防犯カメラの画像を分析したところ、間違いなくその時刻に人が欄干から飛び込んでおり、それは女性だということであった。

「なるほど、人が飛び込んだってことは、確かだっていうことね」

それじゃあ、見つかったら連絡をちょうだい、と言って切ろうとしたところ、電話の向こうで、別の指令官がその言葉を遮った。

「先生、今、N川右岸の堤防上に待機中の救急隊から、連絡がありました、水難救助隊が傷病者を発見、現在、岸辺の担架に収容中、とのことです」

「状態は？」

「体表に大きな損傷はないようなんですが、心肺停止状態につき、胸骨圧迫実施中とのことです」

「CPRでCPR中……か」

「詳細は、追って連絡します」

「はいはい、それじゃ、どうぞ」

「向かいます！」


と、いうことだから……と言いながら、救命救急センターの初療室にあるホットラインの子機の受話器を置いて、当直医が立ち上がった。

「そうすると、どれぐらいの時間が経ってることになるんだっけなあ」

ほんとのところ、あまり戦闘意欲が湧かないんだが、と独りごちながら、当直医は壁の時計に視線を向けた。


「先生、お願いしまあす」

救急隊による胸骨圧迫を受けながら初療室に担ぎ込まれてきた傷病者の、長い茶髪とピンク色のセーターから、水が滴り落ちている。

当直医の、よおし、移すぞ、という掛け声で、傷病者の体が、救急隊のストレッチャーから初療室の処置台の上に、乗せ替えられた。

「気道確保しろ、バッグ押せ！」

「胸骨圧迫だ！」

「心電図の電極つけて！」

たっぷり水を含んだセーターとスカートを、ナースに裁ちばさみで切り裂かせながら、当直医が、処置台を取り囲んでいる研修医たちに、矢継ぎ早に指示を出していく。

「心電図はフラット！」

胸骨圧迫の手を一瞬止めた研修医が、初療室の天井からつり下げられている生体情報モニターの画面を凝視したまま、当直医に報告する。

「胸骨圧迫続けろ、それから、ライン入れて！」

その間に、ナースが濡れた衣服や下着をはぎ取り、乾いたタオルで体表を拭っていく。

「こりゃあ、冷てえや！」

N川に長時間浸かっていたためであろう、胸骨圧迫を続ける研修医の掌が、氷を掴んでいるかのように悴んでいく。

「体温！」

別の研修医が、体温計を患者の腋窩にはさみ込もうとした時、そんなんじゃダメダメ、深部体温だ、と、当直医が声を荒らげた。冷たすぎて、いつもの電子体温計ではエラー表示となって使い物にならない。

「膀胱温、一九・一℃です」

ナースが、生体情報モニターの画面に表示された値を報告した。

こんな時、尿を排出するために患者の膀胱内に挿入される留置カテーテルは、その先端に膀胱内の温度すなわち深部体温を測定することのできる温度センサーを内蔵した特別仕様のものが用いられる。

「加温だ、ブランケットを被せるぞ、それから、保温庫の中にある温かい輸液を用意して！」

指揮を執るべく初療室の中を動き回っている当直医を尻目に、もう一人の年若の当直医が、片隅の机の上の電子カルテに向かいながら、救急隊から情報を聴いている。

「状況は？」

「はい、水難救助隊が、N川の中程で、俯せで流されている傷病者を発見し、そのまま右岸に引き揚げました」

「接触までに、大分、時間がかかってるようだけど……」

「はあ……現場の川面が真っ暗でして、発見までに手間取ったようです」

しかも、潮の関係か、発見された場所は、S大橋の上流側だったんですよ、これが、と救急隊長が説明した。

「なるほど、で、接触時の最初の心電図は？」

「はい、フラットでした」

除細動器を装着しましたが、電気ショックが有効となるような心室細動（VF）等の心電図波形は、搬送中、一度も出現しませんでした、と救急隊長がつけ加えた。

「だけど、ずいぶんと若く見えるよな、下手すりゃ十代、かもね」

救急隊からの情報を電子カルテに打ち込んでいたキーボードの手を止め、年若の当直医が、処置台を取り囲んでいる研修医たちのすき間から、患者の顔をのぞき込んだ。

相変わらず心電図がフラットであるために、生体情報モニターのアラームが金切り声を上げ、初療室には騒然とした空気が張り詰めている。

「相当、時間が経ってますよ、先生」

処置を続ける研修医たちの手元と、生体情報モニターの画面とを交互に睨みながら声を上げている当直医に、心停止時間は、最悪一時間以上はありますね、と、救急隊長からの情報を取り終えた年若の当直医が告げた。

しかし、その声には反応せず、しばらくの間、腕組みをしながら処置台の上の患者を見つめていた当直医が、意を決したように、周囲の研修医とナースに告げた。

「よし、ＰＣＰＳを装着するぞ！」

ＰＣＰＳとは、Percutaneous Cardiopulmonary Support の略で、「経皮的心肺補助

法」あるいは「経皮的心肺補助装置」と訳されているが、いわゆる人工心肺の一種である。

一般的には開心術、すなわち心臓の拍動を止めた上でなければできない手術（例えば、機能しなくなった大動脈弁を人工弁に取り替えることや、心室中隔と呼ばれる左右の心室の間の隔壁にあいた穴を閉鎖すること、など）に際し、止められた心臓の代わりをするのが人工心臓である。

人工心臓というのは、右心房に連なる上下の大静脈に挿入された太いカニューレ（管）から血液を抜き取り（脱血）、その血液をローラーポンプを用いて、上行大動脈に挿入されているカニューレから全身に送り出す（送血）という、一連の閉鎖回路から構成されている。

しかし、これでは肺の中を血液が循環しないことになり、本来、肺で行われるべきガス交換（酸素を取り込み、二酸化炭素を放出すること）ができなくなるために、回路の途中に人工肺と呼ばれるユニットを組み込む必要がある。

人工肺は、特殊な膜を介して、気体の酸素と液体の血液が接触するような構造をしており、そのことによりガス交換ができるようになっているのだが、このような血液を循環させるポンプ（人工心臓）と、ガス交換を行うユニット（人工肺）を備えた回路全体を、人工心肺と称しているのである。

通常の場合、こうした人工心肺の装着は、手術室において、全身麻酔をかけた上で、前胸部の中央部分を大きく切開し、心臓を露出させて行われる。

一方、ＰＣＰＳは、人工心肺装置であることには違いないのであるが、送血カニューレ、脱血カニューレとも、それぞれ鼠径部にある大腿動静脈から、せいぜいが局所麻酔を施した上で、穿刺あるいは切開して挿入するものであり、手慣れた人間であれば、点滴に用いるカニューレを入れるのと同様の感覚で、十分以内に装着し作動させることのできる優れものである。

また、ガス交換ユニットと同様に、回路内に熱交換ユニットを簡単に組み込むことが可能であるため、例えば、低体温に陥っている患者に装着すれば、容易に体温を上昇させることもできるのである。

そうした手軽さから、昨今では、心肺停止状態の患者に対する蘇生術に際し、ＰＣＰＳがしばしば使用されるようになってきている。

「先生、ＶＦになりました！」

生体情報モニターを凝視していた研修医が声を上げた。

「どれ、膀胱温は？」

「二九℃を超えました」

「よおし、それなら、電気ショックだ」

身元不明の若い女性の心臓が、再びその鼓動を始めたのは、ＰＣＰＳが装着され、加温を開始してから、四十五分ほど経ってからのことであった。

「先生、ありゃ、溺死体だったんですよ」

「ん？　心肺停止患者、じゃなくて、何だ、単なる土左衛門（どざえもん）だったって、そういうことかい」

「ええ、あのまま溺死として、初療室で死亡確認しといてやれば、彼女、今よりは、もっときれいな恰好で、あの世に行けたでしょうから……」

内科医は、人工呼吸器に繋がれ、体中にカニューレを挿入され、おまけに全身にかなりの浮腫が出てきている患者の状態を、どうやら不憫に思っているらしい。

ＰＣＰＳを装着するという決断が、やっぱ、間違ってたのかなあ、と呟（つぶや）いた後で、内科医は、一つため息をついた。

「だけど、Ｎ川に飛び込んだ瞬間を目撃されていたんですからね、それに彼女、いかにも若いですし、何より、低体温でもありましたからね、こりゃ、ひょっとすると、ひょっとするかもって……」

担ぎ込まれてきたところを見たら、余計な色気を出しちゃったんですよ、と頭を掻きながら内科医が顔を上げた。

確かに、氷が浮いているような池に、誤って落ちてしまった子供が、心肺停止状態で救助されながらも、その後のクリティカル・ケアによって完全復帰したという報告が、我々の業界では、少なからず存在するのである。

「そうだよ、だから、今回のケース、結果が悪かったからといって、PCPSを使ってまでも蘇生を試みたのが間違っていた、ということには決してならないぜ」

部長は、患者が、お迎えがそこまできているような、八十、九十の年寄りっていうんじゃねえんだから、そんなに腐ることはないさ、と内科医を労った。

「ま、敢えて言うなら、川に飛び込んだ時刻は確定されてはいても、その後、彼女がいったい、何時、心肺停止に陥ってしまったのか、その瞬間を誰も見ていない、ということだけは、間違いないんだけどね……」

＊＊

「ホント？　意識がなくて、脈がなくて、そして、呼吸もない人、それがCPRをすべき対象、そうなのかい？」

部長の問いかけに、受講生たちが首を傾げています。

「じゃあ、次のような場合に、皆さんは、ＣＰＲをやりますか、考えてみて下さい」

あなたが、一人暮らしの知人の家を訪ねたところ、呼び鈴を鳴らしても返答がなかった。しかし、玄関の鍵がかかっていなかったので、扉を開けて覗くと、知人が倒れているのが見えたので、声をかけてみたが返事がない。そこで、駆け寄って知人の状態をつぶさに観察してみたところ、意識がなく、脈も触れず、呼吸も感じられなかった。

「さあ、その時、どうしますか」

受講生の一人が、手を挙げました。

「もし、倒れている人の体の温もりが残っていたら、私、ＣＰＲをやります」

「なるほど、では、傍らにヒーターがあったり、コタツの中に入ってる状態だったとしたならば？」

「そ、それは……」

おし黙ってしまった受講生に、部長が指摘します。

「もちろん、体が冷たかろうと温かだろうと、ＣＰＲをやってくれてもいいんですよ、でも、ひょっとしたら、その方は、実は、その日の朝から、あるいはもっと以前から、その状態で倒れていたのかもしれないんです」

違いますか、そうでしょ、と部長が同意を求めます。

「そもそも、ＣＰＡの人に対して、ＣＰＲを行う目的は、いったい何でしょうか、えっ？　止まった心臓を再び動かすことですって、いいえ、それは違います」

再び沈黙してしまった受講生たちに、部長が質問を続けます。

「心臓と呼吸が止まってしまった時、体の中は、いったいどうなるんでしょうか、そうですそうです、低酸素状態になるんですよ、つまり、酸欠ですよね」

部長は、両手を広げながら受講生に迫ります。

「低酸素状態になった時、最も影響を受けるところ、言い換えれば、人の体の中で最も酸欠に弱いところって、何処ですか？　そうです、脳味噌ですよ、その脳味噌の中でも、酸素供給がわずか数分の間でも途絶えれば、不可逆的で致命的なダメージを被ると言われている大脳皮質ですよ、まさしく、そんな脆弱(ぜいじゃく)な大脳皮質を、ＣＰＡによってもたらされる低酸素状態から守ること、それこそがＣＰＲの目的なんです」

たとえ、何らかの原因で心臓と呼吸が止まってしまったとしても、大脳皮質からすれば、いつもと同じように心臓が動き呼吸をしている状態、つまり、酸素が供給し続けられている状態が維持されること、それが重要なことであり、そうした状態を、胸骨圧迫やマウス・ツー・マウスといった方法によって作りだすこと、それがすなわち、ＣＰＲということなんです……。

「だとしたら、ＣＰＡになってしまった人たちにとって、あるいはそうした人たちにＣＰＲを施す上で、最も大事なことは、いったい何でしょうか？　その通り、ＣＰＡになってしまったら、間髪を容れずに、直ちに、CPRを行うこと、それが一番大事なことなんだということになるわけです、だから……」

　部長が、受講生たちに、捲し立てていきます。

「だから、CPRをすべき対象は、と尋ねられれば、『意識がなくて、脈がなくて、そして、呼吸もない人』であって、かつ、『今、目の前で、そういう状態になってしまった人』、と答えるのが正解、ということになります」

　あなたと一緒に食事をしていた人、あなたと一緒にテニスをしていた人、オフィスであなたの隣の机で仕事をしていた人、あるいは、路上であなたの前を歩いていた人、そんな人が、あなたの目の前で、突然、「うう～」と言って倒れてしまった時、そんな時にこそ、躊躇することなく、直ぐにCPRを始めて欲しいのです……。

　かつて、新聞やテレビ・ラジオのニュースで、「即死」や「遺体」とされていた場面で、最近では、「心肺停止状態」であるという表現が使われているのを、よく目にしたり耳にしたりするようになりました。

　もちろんそれが、事故の直後から、傍らにいた人間が、間髪を容れずにCPRを開始したということの謂であればよいのですが、必ずしも、そうではなさそうです。

　そういえば、過日の御嶽山噴火災害の際に、火口付近にとり残されてしまった被災者の方々を、実際には亡くなられているにもかかわらず、ニュースでは、「心肺停止状態」と表現していました。

一説では、警察官や消防隊には死亡と判断することが認められていないため、「心肺停止状態」と称するのだと言われていますが、しかし、災害現場などで、そうした状態で何日も放置されていた後にもかかわらず、「心肺停止状態」と表現されるのには、如何にも違和感があります。

おっと、これは余計なことを口にしてしまいました。救命救急なんぞという因果な商売をしている人間の、愚にもつかない独り言と、お聞き流し下さいますように。

それでは、また。

レセプト

社会の縮図と言ってもいいような下町の救命センター、そんなところであるが故に、いよいよ高齢化の波が押しよせてきています。

例えば、こんな具合に。

「発見時の詳しい状況は？」

「はあ、それが、通報者の方も、どうやら傷病者と似たような状況でして……」

高齢の夫が自宅の台所で倒れているのを、同居している妻が発見し一一九番したということで、その妻に傷病者の既往歴や前後の状況を問いただしてみたのですが、これがどうにも要領を得なくて、ですね……と、救急隊長が報告します。

「救急車のサイレンを聞きつけて、隣家の住人が顔を出してくれましたので、傷病者の普段の暮らしぶりを尋ねてみたところ、認知症の症状が相当進んでいたのではないかということでした、が、それが、傷病者の妻の方も、それなりだったようで……」

遠方に息子さんがいらっしゃるんですが、普段は夫婦二人暮らしのはずだと隣人が教えてくれました、と救急隊長が付け加えます。

「つまり、妻の方も認知症がありそうだが、それでも人が倒れていれば、なんとか救急車を呼ぶということぐらいはできる状態だ、ということね」

「はあ、ということで、傷病者のことについては、正直、何も……」

とまあ、こういったケースが、しばしば見受けられるようになってきているというわけです。

やれやれ、高齢者が高齢者を介護するいわゆる「老老介護」を通り越して、軽度の認知症の老人が重度の認知症の老人の面倒を見ている「認認介護」(果たしてこんな言い方があるのかどうかは存じ上げませんが)の状態の世帯が、巷では増えつつあるようです。

さて、高齢化の進行とともに、認知症患者の増加は、こうした場面以外にも、様々な問題を引き起こしています。

何年か前に、こんな事故がありました。

認知症を患っている高齢者が、駅構内の線路上に迷い込んでしまい、走ってきた電車にはね飛ばされて、死亡したというものです。

　これだけを聞けば、徘徊老人の気の毒な話というだけで終わってしまいそうですが、実はその後、事故による電車の損傷や運行の遅れ、さらにはそれに伴う乗客たちへの払い戻しや振り替え輸送に要した経費など、諸々の損害に対する高額の賠償請求が、鉄道会社から遺族に対してなされたというのです。

　どうやら、それが裁判沙汰になったようで、その後の報道によれば、一年ほど前に高裁判決（二審）が出され、一審のそれとは、賠償額やその請求先に相違はあるものの、内容は、徘徊老人に対する遺族の管理・監督責任を認定し、鉄道会社の遺族への損害賠償請求を是認するというものでした。

　判決が確定したのか、あるいは、現在、最高裁へ上訴中なのか、詳しいことは寡聞にして存じませんが、損害賠償請求を認めた一、二審の判決を巡って、一時、ネット上で熱い議論が繰り広げられました。

　その多くは判決に批判的なもので、そんなことが判例となってしまうと、認知症の、特に徘徊を繰り返すような高齢者は、それこそ鍵の掛かる部屋に閉じ込めておかなければならなくなってしまい、人権問題を引き起こす、とか、遺族に請求したって、どうせ払える額ではないのだから、鉄道会社は請求を放棄するべきだ、あるいは、認知症の高齢者が引き起こしたことなのだから、その家族に責任はなく、賠償は介護保険で賄ってやるべきだ、などという意見が大勢を占めているようでした。

しかし、鉄道会社側としても、そうしたことが度々起こるようであれば、損害も莫大な額となり、認知症という病気のなせることだから目をつぶろうというわけには、残念ながら、そうおいそれとはいかないようです。

法律に疎い人間としては、出された判決が、果たして妥当なものと言えるのか否か、実際のところコメントしようがありません。

しかし、認知症の患者を収容し、その家族たちと濃密に関わることの多い救命センターの医者とすれば、こうした判決には、確かに首を傾げるところではあります。が、その一方で、病院の経営なんぞということを考える立場からしてみますと、鉄道会社側の言い分にも、少なからず頷けるところがあるのではないかと思ってしまうのもまた、偽らざる心境です。

＊＊

「先生、医事課なんですが、お部屋にお伺いしてもよろしいでしょうか」

これから美味しいコーヒーを、昼下がりの医局で一人啜ろうかと思っていた矢先に、おいおい、医事課だって？　しまった、ＰＨＳなんぞに応えるんじゃなかった……。

「嫌だよ、今、忙しい！」

「そんなことおっしゃらないで、先生、何とかお願いしますよ」

「フン、どうせ、ロクでもない話なんだろ？」

　病院というところは、医者やナース、臨床検査技師や放射線技師などといった医療職だけで成り立っているわけではない。

　もちろん、メイン・ストリームは医療職ではあるのだが、それらを支える部署として、医事課と呼ばれるセクションがある。

　この医事課、ひと言で言えば、病院の事務的な業務に関わることを一手に引き受けているところである。

　例えば、来院患者の受付から始まり、外来・入院予約の管理、カルテの管理、近隣医療機関との連携業務、医療費の会計・精算業務、レセプトの請求事務等々、その中身は多岐にわたっている。

　早い話が、顧客である患者と医療職との間を取り持っているのが、医事課である。ちなみに、労働者である医療職と病院の経営陣との間に立つのが、庶務課ということになる。

「医事課の持ってくる話なんざ、どうせ、近隣の病院からのクレームか、患者からの

『訴えてやる』っていうようなこと、なんだろ?」

「違いますよ、先生」

性根が、相当ひねくれてるんじゃないですか、先生……。

「う、うるさい、じゃあ、いったい何の話だってんだよ」

「実は、レセプトのことで、ちょっと」

「レセプト?」

レセプトとは、「診療報酬明細書」とも呼ばれるもので、わかりやすく言えば、医者が患者に対して実施した医療行為すなわち医療機関にとっての商品の代金の請求書である。

ただ、国民皆保険制度を敷いている我が国においては、その請求書の宛先は、通常、患者個人ではなく、患者の加入している医療保険の保険者(例えば、勤めている企業の健康保険組合や、居住している市町村)である。

より正確に言えば、この請求書は、直接保険者に提出されるわけではなく、その前に、社会保険診療報酬支払基金や国民健康保険団体連合会と呼ばれるレセプトの審査機関に送られることになる。

現場の臨床医にとって、実は、この審査機関というのがシャクの種であり、というのは、レセプトにより申告された医療行為が、保険診療上、過不足のない適切なものであったかどうか、まさしく微に入り細を穿つチェックをされ、さらにそれが過剰もしくは不要だと判断されれば、強権により、それにかかる請求すべてが査定されてしまうからだ。

まさしくこの審査機関が、臨床医や医療機関の生殺与奪権を握っていると言っても過言ではない。

もちろん、審査に対する不服を申し立てることは可能であるが、結果をひっくり返すことは至難の業とされており、あるいは、そうすることでその筋に目をつけられてしまうのではないかと、それこそ、医療機関は疑心暗鬼、戦々恐々となっているのである。

それぞれの医療機関では、毎月初め、前月に診療したすべての患者のレセプトを作成し、それを審査機関に提出して、診療報酬すなわち商品の代金が支払われるのを待つのであるが、何処の医療機関にあっても、そのレセプト請求業務を司っている医事課のスタッフは、提出期限が迫るたびに、身も細る思いを味わっているはずである。

「そのレセプトが、どうしたって？」

「はあ、一件、保険者からの照会がありまして……」

「誰の分だよ」

「はい、今、後方病棟に入院中の和歌山さん、なんですが」

「和歌山さん……て、何の患者さんだったたっけな」

＊

「どれ、モーニング・カンファを始めようか……と、言っても、今朝は、なんだか寂しいな」

当直明けの医者から前日の申し送りを受けるモーニング・カンファレンスは、救命救急センターの生命線と言ってもいいほどに重要な時間である。

いつもであれば、この時刻、前日の当直医と当日勤務の医者、さらにはレジデントや研修医たち、総勢十数名が電子カルテを並べたカンファレンス・ルームのデスクの前に詰めているはずなんだが……。

「何かあったのかい？」

モーニング・カンファレンスのために出向いてきた部長の問いかけに、はあ、先ほど今日の勤務者から連絡があって、どうやら、ＪＲが今、上下線とも止まっているらしくて、出勤が遅れるとのことでした、と申し送りをするべき当直明けの医者が答えた。

病院の直ぐ傍らを走っているＪＲ線は、多くのスタッフが通勤に利用している路線である。救命センター以外の部署も、開店休業状態になっているのかもしれない。

「またかよ」

こう、しょっちゅう止まられた日にゃ、シャレにならねえよな、まったく……。

部長は、そうぼやきながら、電子カルテの脇にある初療室のモニターの画面に、視線を移した。

「ああ、そうか、今、新患も来てるのか」

モニターには、処置台を取り囲んで、動き回っている医者やナース、それに救急隊の姿が映し出されている。この時間帯であれば、昨日の当直医に加えて、早めに出てきている今日の勤務者たちも、初療に参加しているはずである。

それなら、ここに人がいないのも、ま、仕方ねえか……そう独りごちていた部長が、突然、声を大きくした。

「あれえ、ちょっと待てよ、ひょっとして、この初療室にいる新患っていうのは……」

モニターの画面から顔を上げた部長に、当直明けの医者が頷いた。

「お察しの通り、今、ＪＲ線が止まっている原因が来てるんですよ」

病院からほど近いところにあるJR線のターミナル駅、そこから二つ、三つ下った先に、飛び込み自殺の名所になってしまった感のある駅がある。

実は、数年前、この駅で、中年の女性の飛び込み自殺があったのだが、ホームから高速で走行する通過電車の先頭部分に飛び込みを図り、その反動で飛ばされて、ホーム上の売店に体が突っ込んでしまったというものである。

もちろん、当の女性は即死状態で、その思いを成就できたのだが、突っ込まれた売店のガラスが派手に飛び散り、傍らにいた無関係の複数の人間が巻き添えを喰らって負傷したということで、当時、テレビをはじめとするマスコミが、センセーショナルにとりあげたケースである。

その所為なのかどうなのか、翌日、同じ駅で同様の飛び込み自殺が、再び行われてしまった。その二週間後も、そしてさらにその後、一月毎に、同様のことが同じホームで繰り返されてしまい、いつしかその駅が、自殺の名所のようになってしまった、という訳である。

現在でも、その駅での飛び込みが後を絶たず、そのたびにJR線が止まってしまい、「人身事故による遅れ」なんぞと電車内でアナウンスされると、この辺りの人間は、ああ、またあの駅か、と思い浮かべるほどである。

そして、最も近いところにあるのだから、そりゃあ無理もない、その駅で飛び込み自殺を図った傷病者が、過去に幾人も、この下町の救命センターに担ぎ込まれてきているのである。

「CPA?」

「いえ、なんとかバイタルサインの方は、維持されているようです」

確かに、胸骨圧迫をしてるようには見えないもんな、とモニターの画面をのぞき込んでいた部長が呟いた。

「だって、先生、朝のこの時間帯、一番バタバタする時ですからね、救命センターでなければばっていう患者しか、収容しませんよ、ほんとのところ」

……て、いうか、あの駅で電車に飛び込んでCPA状態、なんて患者は、大体が受けませんや、どうやったって、助かりようがないんですから、これが……。

　例えば、十四階建てのビルの屋上から飛び降りて路上で倒れていた傷病者、だとか、作業中に何十トンもある重量鉄骨の下敷きになってしまった傷病者、だとかで、救急隊が現場で接触した際に、CPAすなわち外傷性心肺停止状態にあるような場合、即死状態と断じられてもよいと思われるのであるが、しかし、実際には、CPRすなわち心肺蘇生術（と言っても、形ばかりのものではあるが）を施されながら、救命救急センターなどの高次救急医療機関に運びこまれてくるのが常である。

　その理由の一つに、救助隊や救急隊、あるいは警察官などが、こうした傷病者の死亡を宣言できないということが挙げられる。

もっとも、頭部や体幹が切離断されている、とか、肉体の一部が腐乱し始めている、なんぞというように、誰が見ても死体と認められる（こうしたものは「社会死状態」と呼ばれる）場合は該当しないのだが、本来、傷病者の死亡確認・宣言は、医師法によって、医師のみが行える行為だとされているのである。

今一つの理由としては、そうした傷病者（遺体）を、現場に集まっている野次馬の好奇の目から隠すため、ということがある。

警察車両などで、傷病者を現場から運び出す場合はまだよいのだが、同様の目的で救急車を使用するとなると、しかしまた、話が違ってくる。

本来、救急車は傷病者を医療機関に救急搬送することがその用途であり、死体（遺体）を、例えば警察署内の霊安室などへ搬送するために使用することは認められていない。救急車は、生きている人間を病院に搬送することにしか、使えないのだ。

それ故、現場からの迅速な搬出を目的として救急車を利用しようとする場合は、傷病者をまだ死亡していない瀕死の状態、すなわち心肺停止状態ではあるがまだ生きている人間として扱わなければならないということになり、当然のことながら、救急隊は、そうすることが無意味だと承知しながらも、傷病者に対して心肺蘇生術を施しながら、どこかの医療機関に搬送せざるを得ないということになる。「形ばかりの」心肺蘇生術と先に述べたのは、このためである。

さて、警察や消防にとっては、救急車を利用して、こうした傷病者を現場から搬出するということは、今見てきた通り、確かに意味のあることではあるのだろうが、しかし、担ぎ込まれてくる医療機関にとっては、堪ったものではない。

そもそもが、飛び降りや飛び込みなど、我々の業界で言うところの「高エネルギー外傷」を受傷したことによって心肺停止状態に陥っている傷病者は、たとえ、外傷診療を得意とする救命救急センターなんぞへ搬送したところで、まず、蘇生なんてできるはずがないのだ。

実際に、かつて件の駅で飛び込み自殺を図り、この下町の救命センターに担ぎ込まれてきた傷病者のカルテを繰ってみよう。

外傷性心肺停止状態、全身打撲、脳脱、頭蓋骨開放性粉砕骨折、両側頬骨骨折、両側上顎・下顎開放性骨折、第二第三頸椎間完全脱臼、右鎖骨開放性骨折、右第二〜十肋骨骨折、左第三〜十一肋骨骨折、右血胸、左緊張性血気胸、左腸骨開放性骨折、左仙骨骨折、両側恥坐骨骨折、右橈骨・尺骨開放性骨折、左上腕骨開放性骨折、左大腿骨開放性骨折、腹腔内出血、他。

視診や触診、あるいは、単純レントゲン写真撮影や超音波検査など、心肺蘇生術を行いながら実施し得る諸検査で判明した病名が、臨床診断名の欄に並んでいる。

さらに、CTやMRIなどといった詳細な検査を実施していれば、頭蓋内の脳実質の状態や、胸部・腹部大動脈、肝臓・腸管などの内臓器損傷、あるいは、脊髄(せきずい)損傷などの存在も明らかにすることができたのであろうが、いずれにしても、ざっと見てもこれだけの損傷を負って、担ぎ込まれてくるのだ、神ならぬ身であれば、到底、蘇生させることなど叶わぬ存在である。

もちろん、この患者のカルテの転帰欄には、「死亡」と記されている。にもかかわらず、そうした傷病者を、瀕死状態だがまだ生きている救急患者として搬送したいとの収容要請がくれば、救命救急センターとしては、医者やナース、放射線技師や検査技師など、相当な数の人間をスタンバイさせなければならず、あるいは、事後に新たな患者の収容に備えるべく行われる、全身の開放創から流れ出た血液で汚染されてしまった初療室の処置台や床の清掃などといった作業に、余計なエネルギーを費やさなければならなくなる。

何より、短時間では終わることのできないそうした診療行為や作業の最中に、この救命救急センターであれば間違いなく救命し得るであろう、あるいは救命するべく手を尽くさなければならないはずの別の患者の収容依頼があったとしても、それに対して、「他患取扱中」として、「収容不能」と返答しなければならない羽目に陥ってしまうことが、生じ得るということなのである。

「とすると、この患者さん、いつものような『飛び込み』ではないってこと？」

「はあ、救急管制センターからの第二報で、各駅停車の電車がホームに進入し、それがほとんど止まりかけている時に、ホーム上から、その電車のすぐ前の線路上に落ちて、直後に先頭の車両と接触したらしいと……」

当直医は、今朝のケース、ＣＰＡになって担ぎ込まれてくるような毎度の「高エネルギー外傷」とは、少しばかり趣が違っているようですよ、と付け加えた。

なるほどなるほど、そうすると、たまたま電車が入って来た時に、ホーム上で何らかの原因で意識をなくしたのか、あるいはひょっとして、誰かに後ろから押されたりしたのか……まあ、いずれにしても、何とかしてやらなければならない方の患者さんだったということなんだな、と部長が頷いた。

＊

「……思い出した、二月ほど前に、例の名所で、ホーム上から転落した人、だよね」

部長は、自分のデスクに載っている電子カルテを開きながら、続けた。

「で、その和歌山茂彦さんのレセプトが、何だってんだよ、いったい」

保険者から文句をつけられるような、怪しげな医療行為なんぞ、うちではやってないぜ、と部長は、医事課の若い男性職員を睨みつけながら、声を荒らげた。

その職員は、部長の剣幕に気圧されたのか、下を向いたまま、綴じられた書類を差し出した。病院から提出された和歌山茂彦名義の、入院開始から二ヶ月分の診療報酬明細書である。

そこに記載されている診療報酬点数を見てみると、入院初月分が診療実日数七日で、六十二万八千六百九十八点、翌月分が、診療実日数三十日で、二十五万五千五百六十二点と記載されており、さらに、それぞれには、長文の「症状詳記」が添付されている。

「ほおら、よくできたレセプトじゃねえか、添付されている症状詳記だって、こりゃ、百点満点だぜ」

病院で行われる医療行為には、それぞれ公的に点数（報酬）が決められており、用いられる薬剤や医療資器材の料金も、すべて点数化されている。実際にその患者に施された医療行為、あるいは使用された薬剤・資器材すべての点数の総額が、その患者の入院治療にかかった医療費ということになる。健康保険を用いた診療を行う場合、報酬点数一点の単価が、通常、十円として算定される。

その医療費の内、患者本人が負担する部分（三割が一般的であるが、患者の年齢や加入している保険の種類などによって、それが二割になったり、一割になったり、あるいは負担なしとなったりする）を、病院の窓口で患者に請求し、残額が保険者に請求されることとなる。

先ほどの例だと、入院初月は、総額が六百三十万円近くとなり、本人負担分が三割だとすると、約百九十万円が和歌山茂彦に請求され、残り四百四十万円ほどの支払いが、保険者に求められるのだ。

もっとも、保険者は、病院からの請求に対して、そのまま支払ってくれるわけではなく、その請求すなわち実際に行われた医療行為が保険診療として適正なものか否か、重箱の隅をつつくがごときチェックをし、不要・不正と断じればその分を査定・減額して、病院側に支払うのである。

病院側としては、そうした査定を避けるべく、自分たちの行った医療行為すなわち医療費の請求額が、如何に正当なものであるのかを、保険者側に縷々説明し、納得を求めるのであるが、そのためにレセプトに添付されるいわば弁明書のようなものが、「症状詳記」と呼ばれる文書である。

「だってさあ、いくら働き盛りの元気な男だっていったってさ、走ってきた電車とケンカしたんだぜ、頭蓋骨は割れるわ、脳味噌の中に血腫はできるわ、左右の肋骨は折れるわ、骨盤はガタガタになるわ、おまけに、小腸には穴まで開いてるわ、そんな状態で担ぎ込まれてきたのをさあ、今は何とか命を取り留めてだぜ、リハビリをさあ、始めようかってぇところまでもってきたんだ、それがさ、高々、八百万や九百万だってぇんだ、それこそタダみたいなもんだぜ、それを何、ケチつけて、値切ろうってぇのか、ひでぇ話じゃあねえか、まったく、そうだろ？　ま、脳損傷のせいで、まだまだ、元通りってわけにゃあ、いかないんだけど……」

「ち、違いますよ、先生、そ、そんなことではなくて、ですね……」

その医事課の若い男性職員によれば、どうやら、保険者の方では、今回の和歌山茂彦の治療費について、健康保険の給付対象とはならないと判断しているようだ、ということであった。

「そ、それって、どういうことよ」

「はあ、今回の和歌山さんのケガは、自損行為すなわち自殺未遂によるものだから、それに伴う障害は、健康保険がカバーするものではないと……」

＊＊

この和歌山茂彦さん、当初、ホームから転落し電車と接触したのは、第三者による加害行為の可能性も含めて、不慮の事故だと思われていたのですが、後になって本人の持ち物から、遺書と思しきメモが発見され、また、駅のホームに設置されている監視カメラの映像の分析などから、結局、自ら飛び込んだものに違いないと、当局によって結論づけられました。

ただ、家族や勤務先の関係者からは、それ以前の自殺企図の既往や精神科の通院歴などを確認することができず、そうした行為に及んだ本当の理由は、最後まで明らかにはなりませんでした。

今、最後まで、と申し上げたのは、この和歌山茂彦さん、実は、部長が医事課の若い男性職員とやり合ってからしばらくした後、リハビリテーション中に急変し、不帰の客になってしまったからです。

ま、もっとも、飛び込みで受けた脳の損傷のために、たとえ、今現在、生きていたとしても、その意識レベルが、精神科医が介入し、あの時、何をどう考えていたのか、あるいは、何故そうした行為に及んだのかということについて、聞き出すことができるほどのものとは、とても思えないのですが……。

さて、問題になった件のレセプトの傷病名の欄には、「頭蓋骨骨折」や「外傷性腸管破裂」などの診断に加えて、「鬱病（うつびょう）」という診断名が記載されています。

実は、主治医としても、健康保険がいわゆる「自傷・自損行為」による病態をカバーするものでないことは承知しておりました。

しかし、一方でそれが、病気の結果、惹起された行為であるというのであれば、当然、保障の対象となることも理解しておりましたので、病名欄に、敢えて「鬱病」という診断を加え、症状詳記には、鬱状態によって引き起こされた自傷行為であり、その結果としての重症外傷であると記したのです。

つまり、飛び込み自殺を図ったのであるから、背景にはきっと、何かを思い詰めたような、鬱病的な病態があったに違いない、と主治医は考えたわけです。

余談になりますが、「精神科医は、健全な人間は決して自殺しない、と考えている」とされています。つまり、精神科の医者にとって、自傷・自損行為を企図する人間は、並べて病人であり、病人である以上、それは治療の対象であり、従って保険医療のカバーするべき対象であるという論法です。

和歌山さんの主治医は、こうした精神科医と同じような考えに立っていたのです。

ところがどうして、保険者の査定員の方が、何枚も上手でした。

通常なら、鬱病と診断し、病名欄にそう記載する根拠として、精神科の通院歴などがあったり、入院中に精神科医の診察を受けたりしたことを挙げて、何の問題もないはずなのですが、流石は鵜の目鷹の目の査定員です、この和歌山茂彦さんの場合は、そうしたものが一切ないということに気づき、そこを鋭く攻め込んできているのです。

もし、病院側の申し立てが認められなければ、保険者からの支払いは、一切受けられません。つまり、病院にしてみれば、一銭の金も得られないということです。

まさしく、病院にとっては死活問題ですが、保険者側つまり医療費を支払う側としても、同様なのです。

ご存じのように、現在の日本の医療保険制度は、崩壊一歩手前の、あるいはすでに崩壊していると言っても過言ではないほどの、赤字財政に陥っているのです、始末できるところは、徹底的に始末したいはずでしょう。

もちろん、保険診療ではなく、自費診療として全額を患者本人が支払ってくれればいいのですが、もうこの世にはいない人間です、残された遺族とて、そんな莫大な金額を払おうとする気力も、また、実際に支払える資力もないのです。

この話、どこか、あの駅構内の線路上に迷い込んで亡くなった認知症患者さんのケースを思い出させてくれます。

さてさて、救命センターというところ、今回のような高エネルギー外傷だけではなく、やれ眠剤の大量服用だ、やれ練炭自殺だ、やれ焼身だと、いわゆる自損・自傷行為を起こして担ぎ込まれる患者さんが、後を絶ちません。

そんな患者さんたちの医療費を、どうか、取りっぱぐれることなく、救命センターが生き残っていけますように……。

それでは、また。

越境

突然ですが、読者の皆さんは、実際に救急車というものに乗ったことがあるでしょうか。

ご自分が病人やケガ人となって搬送される場合もあるでしょうし、あるいは、ご家族や知人のために一一九番を回して救急車を頼み、病院まで付き添うというような場合もあるでしょう。

新聞などによれば、平成二十六年、救急車の出動が全国で五百九十八万件以上にのぼったとのことですから、年間にざっと二十人に一人ぐらいは、傷病者として搬送されている計算になりますが、傷病者のご家族や関係者として同乗している方たちもそれに加えれば、相当の数の人が、救急車というものを利用した経験があることになります。

この下町でも、昼夜を問わず、毎日のように救急車が走っているところを目にしますし、幹線道路の大きな交差点で、サイレンを鳴らし赤色灯を点滅させている救急車同士がすれ違っていくといった光景も、決して珍しくはありません。

とは言っても、一人の人間が、そう何度も救急車に乗るということは、まず考えられません。それこそ、一生の内で、一、二度、あるかないか、といったところではないでしょうか。

だとすると、こんな風に身近なところで見聞きしている救急車ですが、実際、多くの方が、その本当のところをご存じないように思います。

そもそも、街中を走っている救急車は、地域の消防本部が管理、運用しています。そして、その消防本部は、「自治体消防」と呼ばれているように、市町村単位で組織され、業務の責任はその市町村にあるのです。

早い話が、消防本部は、その地域の市役所や町役場などと同様に、活動区域を限定されている行政組織であり、職員である消防士や救急隊員は、地方公務員だというわけです。

東京は少しばかり特殊で、都内の救急車は、行政機関である東京消防庁が運用しており、救急隊員は、他の地域と同様に、東京都の公務員となります。

余談になりますが、消防組織の中では、ポンプ（消防車）隊を「赤」、救急隊を「白」と称しており、その両者の関係には、微妙なものがあるそうです。

例えば、消防組織は、もともと「火消し」が本流で、「救急」業務というのは、近年になってから整備が進められてきたものであり、その力関係としては、隠然として

「赤」が強いのだが、救急車の出場件数の増加具合を見てもわかるように、昨今では「白」がその力を急速に伸ばしてきており、予算の獲得額などからしても「白」が優位に立ち始めている、なんぞという真偽のわからぬつまらない話が、漏れ聞こえてきたりするのです。

どこぞの国の中央官庁の、国民不在のみっともない縄張り争いを思い起こさせるこんな話は、しかし、現行の消防組織が、如何にも「役所」であるということを如実に物語ってくれているようにも思えます。

さて、この救急車ですが、一台に、いったい何人の人間が乗務しているのか、ご存じでしょうか。

通常、救急車には、隊長以下、隊員が一人、機関員（救急車の運転を担当）一人の、合わせて三人の消防職員が乗り込んでいます。

それぞれが、地方公務員であることに加えて、長時間の講習や訓練を受けて、救急車に乗務すること、すなわち救急隊として活動することに必要な資格を取得しており、特に「救急救命士」という資格は、医師や看護師などと同様に、厳しい国家試験をくぐり抜けてきた者だけに与えられています。

こうした消防職員が三人一組の救急隊となって、二十四時間体制で所属の消防署に詰め、本部の救急管制センターからの指令を待ちます。そして、救急指令が下れば、直ちに救急車で現場に急行し、救急活動を展開するというわけです。

また、先にもお話ししたように消防業務は市町村が担っていますから、こうした救急活動は、行政サービスとしてすべて無料で提供されており、そのコストは、地域住民の方々の税金によって賄われております。

これまた余談ですが、消防本部によっては、資金不足のため、必要な数の救急隊員を確保することができず、一人の人間が、今日はポンプ車、明日は救急車、と乗り分けているようなところも数多くあるそうで、何時の会合でだったか、「うちのところは、『赤』と『白』ではなくて、みんな『ピンク』でやってるんですよ、これが……」と自嘲気味に語っていた地方の消防職員の方がいらっしゃいました。

小生、幸いにして、自分自身が救急車の厄介になったということはありませんが、救命救急センターなんぞの医者を長くやっていますと、患者さんを他の病院に転送するために救急車の出場を要請したり、あるいは、そうした時に付き添っていくということがほとんど日常業務であるため、救急車や救急隊の実情については熟知しているつもりです。

しかし、救急医療にあまり関わっていない医者の中には、こうした基本的なことについてすら、知識や情報を持ち合わせていない者がおり、正直、情けない思いをすることも少なくありません。

いずれにしても、こうした救急車や救急隊の成り立ちや活動については、一般の方々にも、是非知っておいて欲しいと思います。

さて、その一方で、救急車関連のニュースが、というよりスキャンダルが、それこそ毎日のように報じられています。

――救急管制センターの指令ミスで、救急車が現場に到着するのに九分の遅れ。

――救急隊が救急出場した際に、現場のマンションを誤認し、到着が約七分遅れた。

――救急車の運転手が、自動車専用道路の降り口を間違えたため、病院到着が約二十分遅れるトラブル。

――救急管制センターの指令官が端末の操作を誤り、所轄署に情報が伝わらず、救急車の出場が五分近くも遅れた。

――救急車が、行き先の病院を間違え、それに気づいて本来の病院に向かい直したが、まっすぐに向かった場合と比べて十分程度、到着が遅れた。

――搬送先の病院が、救急隊にとって初めてだったため、カーナビによって走行していたところ、ルートを誤って遠回りし、予定より十七分遅れで病院に到着。

試しに「救急車遅延」といったキーワードで、ネットに検索をかけてみて下さい、山のような数のケースが引っ掛かってきます。

こうしたニュースを取り上げたテレビの映像には、おそらく管轄の消防本部の幹部たちでしょう、かつて、不良品を販売したり食品偽装といった不祥事をおこしたりした企業が告発された時よろしく、深々と頭を下げて謝罪会見をしているところが映し出されています。

もっとも、一般人の感覚からすると、例えば、人と待ち合わせする時に、そこが初めて訪れる場所だったりすると、約束の時刻に五分や十分ぐらい遅れることは、そんなに珍しいことではないように思いますし、あらかじめ携帯電話などで相手方にその旨を連絡しているのであれば、それほど目くじらを立てるものではないようにも思ったりします。が、しかし、事は「人命」に関わる話です。

実際、ここに挙げられているのは、傷病者がいわゆる心肺停止状態であったケースであり、残念ながら、病院に収容された後、すべて死亡となってしまっています。

とは言え、もともと心肺停止状態にあったことを考え合わせますと、仮にタイム・ロスがなかったとしても、その結果すなわち死亡に至ったということについては、変わりがないかもしれません。

事実、これらと似たようなケースで、消防本部側が、タイム・ロスと死亡との間に因果関係はないと、断定的に発表している場合も散見されるのですが、しかしながら、これまた余計な物言いで恐縮ですが、同様に「人命」に関わる業界に身を置くプロの人間として、「言い訳」とも「居直り」とも取られかねないようなそうした発言は、決してするべきではないと感じます。

救急車の厄介になったことなんぞはないと、先ほど申し上げましたが、実は、過去にプライベートで、近しい人間のために救急車を要請したことがあります。

正直、救急車が到着するまでの、実際には数分程度しかなかったであろうその待っている時間が、どれほど長いものに感じられたことか……まるで、永遠とも思えるほどだったということを、蛇足ながら、申し添えておきましょう。

＊＊

「ところで、例の患者さん、その後、どうなったよ」

救命センターのいつもの朝のカンファレンス、昨日の当直帯に収容された新患のプレゼンテーションと、救命センターの集中治療室に入院中の患者の病状報告とが終わって一段落した後で、部長が一人の内科医に声を掛けた。

「例の患者さん……というのは？」

「確か、先々週の初めだったかなあ、ほら、サッカーだか何だかの最中に、突然倒れたとかで担ぎ込まれてきた、あの、何とかさん」

「ああ、阿部さんですか、阿部さんなら、とっくに、後方に上がってますが……」

内科医の言った「後方」というのは、救命救急センター後方病棟の謂である。

多くの医療機関で救命救急センターと称されているのは、瀕死の状態で救急搬送されてきた患者を、先ず収容する集中治療室のことである。

そこでは、患者の救命を図るべく、緊急手術を含め、人工呼吸器や人工心肺、血液浄化装置などの各種医療機器を用いた濃厚な治療が行われるのであるが、その結果、無事生命の危機の峠を越えることができ、状態が安定したならば、患者は集中治療室すなわち救命救急センターから出されることになる。

出される先については、それぞれの救命救急センターの運営形態や、もちろん当該患者の病態によっても異なるが、他の病院に転院となる場合もあれば、同じ病院内の一般病室に移されることもある。

多くの場合、そこでは病状の経過を観察したり、リハビリテーションを施したり、あるいは帰宅に向けての準備を行ったりといった、一般の病室で行われるのと同様の医療を実施することになるのであるが、そうした病院や病棟のことを、救命救急センターの後方病院あるいは後方病棟と呼んでいるのである。

救命救急センターの集中治療室の在室日数が、平均すると一週間以内であるのに対して、後方病棟のそれは二ヶ月ほどになるが、病態によっては、半年、一年、あるいはそれ以上にまで延びてしまう場合もある。

　この下町の救命センターは四階に位置し、後方病棟が別棟の八階にあるため、内科医は「後方に上げた」と報告したのである。

「そりゃあ知ってるよ、そうではなくて、阿部さんの今の状態を聞いてんだよ」

「はあ……落ち着いてますが」

　落ち着いてるから、後方に上げたのに決まってんだろ、何わかり切ったこと聞いてんだよ、とでも言いたげな調子で内科医が返した。

「そおじゃなくてさ、意識だよ、俺が聞いてるのは！」

　少しばかり大きくなった部長の声に、内科医は視線を逸らしながら応えた。

「意識……ですよねえ」

「そおだよ、レベル、どうなんだ」

「はあ、まだ……」

　部長の問いかけに、内科医は声を落とした。

「M6、入るのか？」

「いやあ、先生、M6なんて、とてもとても……」

意識状態を分類するための尺度が、臨床的に幾つか存在するが、その一つに、GCS(Glasgow Coma Scale)と呼ばれるものがある。

これは、患者の意識を、開眼機能（E）、言語機能（V）および運動機能（M）の三点について評価・点数化して、記載する方法である。

例えば、E2点は、「痛みによって目を開ける」状態を表しており、V3点と言えば、「意味のない単語を発する」ということを示している。

GCS満点、つまり、E4点、V5点、M6点の15点満点、と表記されるのが「意識清明」の状態であり、ちなみに、M6点というのは、「命令に従って四肢を動かす」ということを意味している。

「M6、入るのか？」というのは、従って、意識レベルが正常もしくはそれに近い状態に戻ったのか、という問いかけなのである。

「GCSで言うなら、E2V1M1あたり……ってところ、ですかね、これが」

「なんだよ、全然ダメじゃねえか、それじゃあ」

「いやあ、少しは、開眼するようになってきてるんですよ、先生、ほんとに……」

部長の問いかけに、若い内科医が頭を掻いた。

阿部さん、まだ若くて、少しは期待できるかと思って、いろいろとリハビリテーションをやっているところ、なんですから、今……と、付け加えた。

「いや、やっぱり、そうじゃないな」

「な、何がですか、先生」

「もちろん、今やっているリハビリも大事なんだろうけど、やっぱり、あの初っ端の時間がなあ……如何にももったいないよね」

そう言いながら、部長は、腕を組んだ。

＊

「どれ、現場での状況を聞こうか」

ストレッチャーで担ぎ込まれてきた傷病者が、救命センターの初療室の処置台に乗せ換えられたのを見届けた後、その場を若い医者たちに任せながら、救命センターの部長が、救急隊長に声をかけた。

「すいません、先生、ちょっと、上着を脱がせてもらってもいいですか」

隊長は、防水性の強つく生地で仕立てられた水色の感染防止衣のファスナーを下ろしながら、額から滴り落ちる汗を、ポケットから取り出したタオルで拭った。

「なんだ、表は、そんなに暑いのかい？」

救急管制センターからの事前連絡で、傷病者の倒れた場所が、病院の南東側のそう遠くないところの公園だと承知していた部長は、救急隊長に労うような視線を向けた。

――傷病者は四十代の男性、公園で同僚とサッカーをしていた時に、ボールを蹴った後、突然、胸痛を訴え、その場に倒れ込んでしまった模様。同僚が声を掛けたところ、返答がなく、呼吸もしていなかったため、同僚が一一九番通報したもの……。

「そう言えば、梅雨入り前のこの時期、今日は熱中症に要注意だって、テレビでも盛んに流していたもんな」

何も、こんな時に、サッカーなんぞやらなくったっていいだろうに……とつぶやきながら、部長は椅子に腰掛けて電子カルテのキーボードを叩いた。

「で、現着時の傷病者の心電図は？」

「はい、ＰＡで臨場していたポンプ隊から、自隊のＡＥＤが五回作動したとの報告を現場で受けたのですが、我々が心電図を確認した時も、ＶＦでした」

消防が行う救急活動の中に、「ＰＡ連携」と呼ばれるものがある。

これは、Pすなわちポンプ隊（Pumper）とAすなわち救急隊（Ambulance）とが協力して、傷病者の救護にあたるというものである。

本来、消火活動を任とする赤色の消防車（ポンプ車）ではあっても、通常、四名の消防隊員（ポンプ隊）とともに、VF（心室細動）に対するAED（自動体外式除細動器）を含む応急救護用資器材を搭載することができる。

もっとも、救急車と違ってこのポンプ車は、傷病者を医療機関に搬送することはできないのだが、救急現場に出場する際には、たとえそれが火災等の場合ではなくとも、赤色灯を点滅させて緊急走行をすることが許されている。

例えば、エレベーターのない建物の上層階で傷病者が発生したような場合や、体重百キロを超えるような傷病者の救護・搬出を行う時など、救急隊だけでは十分な対処ができないような現場に、こうしたポンプ隊が出場するのだ。

最近では、傷病者が心肺停止状態にあり、現場での救急処置や搬出活動に、多くの資器材や人手が必要と予想される場合は、救急管制センターによって、「PA連携」と称して、救急隊と同時に、直近のポンプ隊の救急出場が指令されているのである。

「その後、指導医に指示を仰ぎ、二分後に、アドレナリンの投与を実施、CPRを継続していたところ、さらにその二分後に、橈骨（とうこつ）動脈の拍動を触知しました」

「それで、胸骨圧迫を中止し、人工呼吸だけを続けながら、十三時三十五分、病院への搬送を開始した……ということ、ね」

メモ用紙片手の救急隊長の報告を背中で聞きながら、部長は、キーボードを叩き続けた。

「……ポンプ隊が先着し、除細動を五回……か」

打ち出した文面を画面上で確認していた部長が、通常よりも多い除細動の回数に引っかかり、救急隊長に問いかけた。

「……とすると、救急隊の現着は、何時（いつ）？」

「はい、十三時〇七分になります」

「十三時〇七分……待ってくれよ、覚知は、えーと、おいおい、十二時五十二分だぜ、あの現場に到着するまでに、何で、十五分もかかってんだよ」

「は、はあ……現着するまでの間に、特に遅延をきたすような、これといったミスや手違いは、ありませんでしたが……」

顔を上げながら振り返った部長の、大きくなった声に気圧された救急隊長が、一瞬、口籠もった。

「どこかからの転戦かい？」

「いえ、本署から、ですが……」

「本署から」とは、所属消防署の中で待機している時に、出場指令が下ったことを意味しており、「転戦」というのは、医療機関への傷病者の搬送が終了した救急隊が、帰署すなわち所属の消防署に戻る道中で、新たな救急指令を受信し、救急現場に向かうことを指している。

それまで、交通法規を守りながら通常走行していた救急車が、突然、赤色灯を点滅させ緊急走行に変わった場合、今言ったような転戦指令が下されたということが考えられるのである。

「って、どこの隊だったっけ？」

「日本橋(にほんばし)です」

「日本橋？　はあ、そりゃまた、遠いところから出張ってきてくれてるじゃない」

てっきり、件の公園の、ほど近くにある署の救急隊が出場していると思い込んでいた部長が、肩すかしを食ったように、しばらくの間、口を開けたまま救急隊長の顔を見つめた。

東京都を管轄する東京消防庁は全体を十に分割、それぞれに方面本部と呼ばれる消防本部があり、現在、その下に八十一の消防署、さらにそこに、概ね人口五万人に一隊の割で、計二百三十七隊の救急隊が配置されており、各々が、縄張りとでも言うべき受け持ちエリアを持っている。

言うまでもなく、傷病者を適切な医療機関に救急搬送することが救急隊の役割であるが、しかし例えば、受け入れ医療機関がエリア外であったり、あるいは、傷病者の医療機関への収容に手間取ったりすると、自分たちの持ち場を、長時間にわたって留守にしなければならないことになり、もし、その間に新たな傷病者が生じれば、一番近い別のエリアの救急隊に、出場指令が下りることとなる。

こうした救急隊の運用を行っているのが、千代田区大手町（区部）と立川市（多摩地区）にある災害救急情報センター内の救急管制センターである。

区部の災害救急情報センターには、二十三区内の一一九番通報がすべて集まり、また、救急管制センターは、救急車に搭載されているGPS端末を用いて、すべての救急隊の現在位置とその活動状況を、リアルタイムで把握しているのであるが、この救急管制センターの指令官が、救急現場の最も近い所に待機している救急隊に、出場指令を出すというわけである。

「はあ、管制の指令では、第七方面の隊が出払っているということだったので」

「おいおい、週末の夜っていうわけでもないんだぜ、こんな時間に、出場できる救急隊が、近辺に一つもなかったっていうのかい？」

「おそらくこの暑さで、救急要請が相当増えてるんじゃないでしょうか」

第七方面は、高齢の住民の方が特に多いですからねえ、と救急隊長が頷いた。

「そう、それで隣の第一方面の隊に、お鉢が回ってきたってえわけだ」

この下町の救命センターがある墨田区は、江東区、江戸川区、葛飾区とともに、東京消防庁の管轄する第七方面と呼ばれ、一方、日本橋救急隊が属する第一方面は、中央区、千代田区、港区といった都心部からなっている。

確かに、第一方面と第七方面とは隣接しているのだが、実は、この二つは隅田川によって隔てられている。

従って、この間を行き来するためには、陸路を走行する救急車である限り、そのルートは、隅田川にかかる橋との位置関係によって決まってしまうのである。

直線距離でずいぶん近いと思える所でも、実際に走行してみると、それなりの時間を浪費することになるというのが、このエリアの特徴でもあるわけだ。

つまり、たとえ赤色灯を点滅させ、緊急走行をするとしても、日本橋方面から、この救命センターの南東に位置する今回の現場に到着し、そして、処置を行い、傷病者を収容、病院まで搬送するには、やはり、相当の時間を要することになる。

「そりゃあ、何ともはや、どうも……としか、言いようがないよね、実際のところ」

部長はそう言いながら、救急隊長の顔を見た。

「先生、心カテに上がりますよ！」

顔を見合わせている二人の後ろから、ナースの甲高い声が響いてきた。

*

「時間がもったいない、って言ったって……だって、初療室の処置台に移された阿部さんに、直ぐに気管挿管を行って人工呼吸を継続し、心電図所見から、今回のことは急性心筋梗塞を起こしたためだろうって当たりをつけて、そうしたら案の定、前下行枝(ぜんかこうし)が詰まってて、そのままステントを置いてきたんじゃないですか！」

救急車が病院に着いてから、確か、三十分足らずの間にですよ、タイム・ロスどころか、表彰ものの早さだと思いますけどねえ……と、若い内科医が口を尖らせた。

「うん、そりゃ大したもんだ、まさしく、救命センターの面目躍如(めんもくやくじょ)ってところだと思うよ」

滅多にない部長のほめ言葉に、皮肉が込められているとでも思ったのか、内科医は、怪訝そうな顔をしてみせた。

「そうではなくてさ、俺が言ってるのは、救急車が現場に着くまでの話、だよ」

救急隊の現着までの時間が、十五分ではなく、それよりほんの数分でも短かったとしたなら、阿部さんの意識、やっぱり、きれいに戻ってたかもね……と言いながら、部長は、カンファレンス・ルームを後にした。

＊＊

さてさて、すでにご承知のように、心肺停止状態に陥ってしまった方への対処の仕方を端的に申し上げますと、それは「心肺蘇生術」すなわち「脳からすれば、心臓がきちんと動いているのと同じ状態を、人為的に作り出す方法」をやり続けながら、心臓の拍動が止まってしまった原因を突き止め、そして、それを取り除き、一刻でも早く、再び心臓を動かす、ということになります。

今回の例で具体的に言えば、その心肺停止の原因を急性心筋梗塞と診断し、ポンプ隊や救急隊が現場で行った電気ショックや薬剤の投与から始まって、その後の救命センターでの心臓カテーテルを用いた冠動脈の詰まりを解消させる専門的治療までの一連の行為が、それにあたります。

そして、今申し上げた、一刻でも早くということが、シンプルではあっても、実は、まさしくキーとなるコンセプトなのです。

言い換えれば、心停止時間つまり人間にとって最も重要な臓器である脳への血の巡りが途絶えている時間を、でき得る限り短くする、ということです。

脳の中でも特に重要とされている大脳皮質の脳細胞は、三分ないし五分程度といった短い時間、酸欠状態に陥っただけで致命的なダメージを受けるとされており、それ故、この一刻でも早くというコンセプトを等閑(なおざり)にすると、幸いにも心臓が再び動き出し、そして、生命を取り留めることに成功したとしても、その後に意識の戻らない、いわゆる植物状態に陥ってしまう可能性があるというわけです。

ところで、こうした可能性を熟知しているのは、私どものような救命センターの人間であり、あるいは、それ以上に、常日頃、人命救助や救急救護の現場に身を置いている消防・救急機関の方たちでしょう。

これまた余計な物言いになってしまい恐縮ですが、だからこそ、日常生活の感覚からすればどうということのないような、たかだか数分の遅れや間違いを、それこそ決定的で致命的なミスであったとして、彼らは、深々と頭を下げているのではないかと思います。

もちろん、阿部さんのようなケースで、現着までの時間が通常よりも長くなってしまったことは、決して、ミスではありません。

むしろ、そうならざるを得なかった理由をこそ、斟酌しなければならないのです。

ちょっと気温が上昇したぐらいで、救急車が底をついてしまう、それって、東京の救急車の絶対数が、やっぱり、少ないからなのでしょうか？

もちろん、その要素も否定しませんが、それよりも、東京消防庁の救急隊の年間出動件数が七十五万七千件以上に上っている中で、本来なら救急車を必要としないと思われる「軽症」の方の利用が、全体の半数を超えているということに思いを致さなければならないと思います。

救急車の到着遅延のスキャンダルで、深々と頭を下げている関係者の姿こそ、実は、安易に救急車を利用している私たちに対する重大な警告なのです。

長くなりました、それでは、また。

終末期

あの東日本大震災や原発事故からはや四年が経ち、五年後に二度目の東京オリンピックの開催が迫り、アベノミクスとやらによって株価が上昇、すべてにおいてとは、もちろん、とても申せませんが、それでも一部では元気をとりもどしつつあるかのような今日この頃です。

さてさて、どこぞのしたり顔をした評論家のようで恐縮ではありますが、しかし一方で、いよいよ、我が国の高齢化が進行しつつあります。

手元にある資料を見ますと、平成二十五年時点で、六十五歳以上のいわゆる高齢人口が三千百八十九万人あまりに達しており、全人口一億二千七百二十九万人の、実に四分の一を占めています。

高齢者の全人口に占める割合すなわち高齢化率によって、高齢化社会（高齢化率七～一四％）や、高齢社会（一四～二一％）と呼んでいるそうで、それを超えて高齢者が増加している現在の日本は、まさしく超高齢社会ということになります。

さらに、厚生労働省の調べでは、六十五歳以上の高齢者の内、八ないし一〇%すなわち二百五十万人以上の方々が、いわゆる認知症を患っている、というのです。

こうした現実をつぶさに知ってみると、少しばかり上向きになっているであろう景気とは裏腹に、何ともはや、国の先行きが重く暗いものに思える、そんなご時世です。

そうした中で、覚えておいでですしょうか、少し以前に、こんな発言が世間を騒がせました。

「私は遺書を書いて『そういうこと(体中にチューブを入れた濃厚治療)はしてもらう必要はない、さっさと死ぬんだから』と渡してあるが、そういうことができないと、あれ死にませんもんね、なかなか」

「(私自身は)死にたい時に死なせてもらわないと困っちゃうんですね、ああいうのは」

「いいかげん死にてえなと思っても『生きられますから』なんて生かされたんじゃ、かなわない、しかも(医療費負担を)政府のお金でやってもらうというのは、ますます寝覚めが悪い、さっさと死ねるようにしてもらわないと……」

ご存じのように、当時も現在も内閣の重鎮であられる某政治家が、社会保障制度改革国民会議の席上で口にされた言葉です。

誤解を招くような十八番(おはこ)の刺激的な物言いが、そのままマスコミによって広く喧伝(けんでん)され、結果、ご本人によってこれらの発言は撤回されてしまったのですが、それをきっかけに、「終末期医療」というものに対する世間の関心が高まったことは、記憶に新しいところです。

この「終末期医療」という言葉は、我々のような医療関係者の間では、以前からよく用いられておりますが、それがどのような医療を指すのか、実際のところ、明確な定義がある訳ではありません。

しかし、その寿命が世界一と認められるほどに日本人が長生きとなり、また同時に、少子高齢化と呼ばれるような人口構造の大きな変化が出現し、それに伴って国民医療費が年々増加の一途を辿(たど)っている昨今の日本にあって、終末期すなわち人間が最後を迎えるあたりの、非常にデリケートな時期の医療として、社会的、経済的あるいは倫理的といった様々な面から、大きくクローズ・アップされてきているのです。

その一方で、一一九番や救急車に象徴されるような、よく知られた「救急医療」というものがあります。

申すまでもなく、救急医療というのは、救急患者すなわち「突発・不測」に発症した外傷や疾病の方々を、遅滞なく医療機関に収容し、そして適切な治療を施し、救命をするのはもちろんのこと、元通りの健康状態に回復させ、社会復帰を目指すというものです。

少しばかり大雑把な物言いが許されるのであるならば、「終末期医療」とは、人の命を全(まっと)うさせ、うまく終わらせることを目的とする医療であり、「救急医療」とは、命を救い、生を継続させることを目指す医療である、と言うことができるでしょうか。

そうだとすると、同じく医療と称してはいても、両者のベクトルは、実は全く正反対の方向を向いているような気がします。

言い換えますと、実際の医療現場で、この二つの医療が重なり合うことは、本来、ないはずだということでしょう。

ところがしかし、その「救急医療」が、例えばこの下町の救命センターに代表されるような「救命救急医療」ということになってくると、少しばかり、話が違ってくるようです。

**

「……ということで、この患者さんは、肺癌(はいがん)のターミナル・ステージにあることが途中で判明し、救急管制センターの方から、収容依頼が取り下げとなりました」

「呼吸困難を主訴とする患者さんの救命センターへの収容要請中に、肺癌を患っていることがわかったというので、向かう先をかかりつけの病院に変更したっていうことなんだね、はい、わかった」

救命センターの、いつものモーニング・カンファレンスである。

そこでは、当直明けの医者が、前日の報告として、まず、東京消防庁の救急管制センターから収容を要請されたすべての傷病者について、プレゼンテーションを行うのであるが、その中には、実際に収容されなかった傷病者の情報も含まれている。

実は、地域の救急医療の「最後の砦」と言われているように、救命救急センターというところは、原則として、依頼されたすべての患者さんを、遅滞なく収容しなければならないとされているのである。

しかし、「最後の砦」といえども、その時動ける医者や看護師、あるいは入院ベッドなどといった、いわゆる医療リソースが無尽蔵にあるわけではなく、そこに数の限りがある以上、例えば、つい数分前に傷病者を受け入れて初療を開始したばかりなのに、またホットラインが鳴って、別の傷病者の収容を要請されてしまったような場合や、救命センターのベッドがすべて埋まってしまって満床状態になっている時など、どうしても救急患者の受け入れが叶わない場合があり得るのだ。

そうした時は、もちろん収容を断らざるを得ないのではあるが、しかし、救命救急センターは国からの補助金を受けているオフィシャルな医療機関であるが故に、非収容になった症例を漫然とやり過ごすことは認められず、何故そうなったのか、きちんと記録を残すとともに、そうした事態を防止するための対策を検討することが、強く求められているのである。

おそらくそれは、助かったであろう筈の患者の命が、いわゆる救急車の「たらい回し」によって失われてしまったという、かつての苦い経験から発しているものと思われる。

そうした諸々を背景にした、毎朝のモーニング・カンファレンス、なのである。

「次は？」

「えーと、次の患者さんは、食事中に誤嚥（ごえん）をきたして意識消失、心肺停止状態であることを確認され、蘇生術を施された方です」

電子カルテのモニターを見つめながら、若い当直医がプレゼンテーションを続けた。

「この方は、九十五歳の女性で、センターからの情報では、数年前から介護施設に入所中で、既往歴として、高血圧、高脂血症、心房細動、脳梗塞、パーキンソン病などがあり、普段のＡＤＬ（日常生活の基本動作）は、要介護５のほとんど寝たきりの状態だということでした」

「ふむ」

部長は、当直医のプレゼンテーションを聞き流したかのように、軽く頷いてみせた。

「で、初療室に着いた時には、すでに自己心拍が再開している状態で……」

「えっ、な、何だって、受けちゃったっていうのかい、その患者さん」

てっきり収容を見送った患者の話だと思い込んでいた部長が、まるで椅子から転げ落ちたかのような声を出した。

「おいおい、それって、ほんとに救命センターに収容する適応のあるケース、なのかい？」

ここは、天下の救命救急センターなんだぜ、と部長は続けた。

依頼された患者をすべて収容しなければならない、とは言っても、それはあくまで原則である。

救命救急センターというところは、本来、「突発・不測」に生じた「重症・重篤」な患者を中心に収容するべく整備されているので、依頼された患者の様態がそれにそぐわないものだと判断されれば、当然のことながら、「適応外」として、その収容を断る場合がある。

そうした判断は、限られた医療リソースを効率的に使うためにも、是非とも必要なものなのだ。

「はあ……だけど先生、現場で救急隊が傷病者の口の中にあった鶏肉だか何だかを取り出して、その後、蘇生に成功したって聞けば、そりゃあやっぱり、受けちゃいますよねえ、これが」

若い当直医が、部長の問いかけに、口を尖らせた。

「ま、確かに、気道内異物による窒息に起因する心肺停止状態からの蘇生症例は、救命センター搬送の適応があるんだろうけど……」

「実際、心肺停止から蘇生した後の患者管理は、うちのようなところでしか、できませんよね、先生」

それに、搬送してきた救急隊の、心肺蘇生に成功したと報告するいかにも得意気な様子を見ると、やっぱり、無下には断れないような気がしちゃって……と、当直医が付け加えた。

「だけどさあ、九十五歳という超高齢者なんだぜ、しかもそれが、ほとんど寝たきりの患者さんでさ、食事介助中の誤嚥なんだ、それは起こるべくして起きたことであって、とても救命センターに運んでこなきゃいけないような緊急事態だとは、思えねえんだがなあ、俺には……」

そう言いながら、部長は首を傾げたが、そんな渋い顔をしている部長を横目に、若い当直医が続けた。

「それに、応需率のこともありますから、先生」

先にも書いたように、救命救急センターの運営というのは「国庫補助事業」、すなわち国から手厚い補助金が出ており、運営費の赤字補塡がなされているのである。

救急医療は、一般に不採算医療とされており、つまり、患者が何時受診してもいいような、あるいはどんな状態の患者に対してもそれなりに対応できるような体制を敷いておかなければならないために、人員の配置や医療機器の整備という面において、医療機関の中で、コスト・パフォーマンスの最も悪い部門であるとされている。

そのために、特に民間医療機関では救急医療にコミットするところが少なく、しかし、それでは国民に対して、必要かつ十分なセーフティ・ネットが提供できないということで、そうした赤字を税金を使って補塡し、救急医療に携わる医療機関の経営を、少しでも安定させようというわけである。

各地の救命救急センターは、こうした国からの補助を得て運営をしているのであるが、そこに税金が投入されている以上、その税金が正しく使われているのかどうか、一方で国の厳しい監視下に置かれているのである。

具体的には、毎年、「救命救急センター現況調査」なるものが実施されている。

この調査は、それぞれの救命救急センターの実績を報告させるもので、得られた診療報酬やかかった経費の内訳はもちろんのこととして、医療スタッフの数や資格の有無、医療機器の整備具合から始まり、年間の収容患者数、患者の重症度や緊急度等にいたるまで、提出しなければならないデータの数は膨大なものとなっている。

さらに、そうしたデータに基づいて、それぞれのセンターが、A、B、Cのランクに分けて評価され、公表されるとともに、それに応じて補助金の額も上下するということになっているのである。

救命救急センターの責任者は、毎年、身の細る思いをしながら、この報告書を提出しているはずである。

さて、そうした評価の項目の一つとして、「応需率」というものがある。

これは、患者の収容依頼に対して、実際にどれぐらいの患者を収容しているのか、つまり応需しているのか、ということを見るのであるが、もちろん、応需率一〇〇%というのが、理想の救命救急センターというわけである。

「応需率？　まあ、確かにそれも大事なんだけど、それよりもさ、その患者さんを受けたことで手一杯になっちゃったってなことで、その後に要請のあった交通事故のケガ人なんかを、断ったりなんかしてないよな」

部長は、眼鏡越しに若い当直医の顔を見つめた。

「まさか、大丈夫ですよ、先生、この患者さんが、昨日の最後の要請ですから」

「ふん」

当直医の報告に、それなら、まあ、いいか、と小声で呟きながら、部長は、電子カルテのモニターに視線を落とした。

「えーと、隊長の話では、現着時、施設の担当者が、大わらわな様子で、心臓マッサージだけをしていたそうです」

憮然とした面持ちで腕を組んでいる部長を尻目に、当直医はプレゼンテーションを続けた。

「傷病者の口の中を観察したところ、おかずの鶏肉だか何だかの塊が詰まっていることが確認できたので、それを取り出した後、救急救命士である隊長が気管挿管を実施し、アドレナリンを一筒投与した、ということでした」

「な、何、薬剤を使ったってえのか！」

部長の突然の大声に、一瞬、言葉に詰まった当直医が、気を取り直したようにつけ加えた。

「はあ、今回のケースは、いわゆる『目撃あり』の状況だったので、現場での心電図がフラットでしたが、マニュアル通り、救急管制センターの救急隊指導医の指示に基づいて、アドレナリンの投与を実施した、とのことですが……」

救急救命士は、医師の指示の下、心肺停止患者に対して、特定行為と呼ばれるいくつかの医療行為を行うことが許されている。

その一つが、心肺停止患者に対する薬剤（アドレナリン）の投与であるが、それを実施するにあたっては、その時の傷病者が心静止ではないこと、すなわち心電図がフラットではないこと、あるいは、心電図がフラットであったとしても、心肺停止状態に陥ったと思われる瞬間が特定されていること（「目撃あり」と称する）、といった前提に加えて、薬剤投与の可否を医師にリアルタイムで仰ぎ、その許可を得る、という厳格な条件をクリアすることが求められている。

「ったくもう、救急隊も指導医も、いったい、何を考えてるんだか……」

そう独りごちた後、部長は、自らを落ち着かせるように、一つ大きな息を吐き出してみせた。

そんな部長のため息は聞こえなかったかのように、当直医がプレゼンテーションを続けた。

「えーと、その後、アドレナリンを全部で三筒投与したところ、橈骨動脈で脈が触れるようになり……」

「えっ、さ、三筒も使ったのかよ！」

何とまあ……と、部長が呆れた顔を見せたが、当直医は、それには構わずに話を進めた。

「……その後、心電図上で自己心拍の再開が確認されたものの、自発呼吸もなく、意識レベルも昏睡状態のままで、血圧も不安定なので、それで、救命救急センター搬送の適応ありと、救急隊が判断し……」


厚生労働省が公にしている文書によれば、救命救急センターは、「緊急性・専門性の高い脳卒中、急性心筋梗塞等や、重症外傷等の複数の診療科領域にわたる疾病等、幅広い疾患に対応して、高度な専門的医療を総合的に実施する」ところであり、「その他の医療機関では対応できない重篤患者への医療を担当し、地域の救急患者を最終的に受け入れる役割を果たす」べきところ、と定義されている。

一方で、医療機関に既に収容されているような患者は別として、職場や家庭内、あるいは公共空間などといった病院以外の場所で具合の悪くなった傷病者が、救命救急センターに収容されるべき緊急度や重症度の状態にあるのか否かを判断するのは、実際問題として、その場に出場している救急隊である。

つまり、傷病者の搬送先を救命救急センターだと決定するのは、実は、傷病者自身やその家族ではなく、救急隊あるいはその救急隊の元締めである地域の消防指令センターということなのである。

事実、この下町の救命救急センターに入院している患者のほとんどは、現場に出場した救急隊により、三次対応すなわち救命救急センター収容が適切な傷病者であると判断され、東京消防庁の救急管制センターからのホットラインを経由して、収容を依頼されている。

「ちょ、ちょっと待ってくれよ、さっきから気になってんだが、このケース、現場で医者は絡んでないのかいな」

だって、真っ当な介護施設なんだろ、この患者さんが居たのは……と、部長が苛ついたような声を上げた。

「そうでしたね、それを言わなきゃいけなかった」

救急隊が施設の職員に確認したところでは、この施設は、特に医者が常駐しているような類のものではなく、入所者に何かあれば、近くの医療機関を受診させたり、あるいは往診を依頼したりすることがある程度だということでした、と当直医が応えた。

「で、どうしたの、今回は」

「はい、この患者さんの場合、以前に何度か、往診してもらったことのある診療所が近くにあったということで、そこへ連絡をとったところ、そんな状態なら、直ぐに救急車を呼ぶようにと……」

「その診療所のドクターは、来てくれなかったのか」

「はあ、そう指示をされただけのようで、救急隊が現着したときには、特にドクターやナースといった医療関係者は、誰もいなかった、ということでした」

それで救急隊は、救急管制センターの指導医に判断を仰いだというわけか、なるほどね……と、部長が頷いた。

「だったら、気管挿管はともかく、薬剤投与の適否なんか、聞かなきゃいいのに……」

俺が指導医で詰めてたら、「特定行為いかが」なんぞと尋ねられたって、「早期搬送」ってなことで、このケースは、従来法のCPRしかさせないんだけどなあ、と独りごちながら、部長は座った椅子の背を倒し、天井を仰いだ。

傷病者が心肺停止状態であるという現場に出場した救急隊が、その患者に対する特定行為の可否を尋ねる医師すなわち救急隊指導医は、一般的には、救急隊がこれからその傷病者を運び込もうとしている先の救命救急センターの医師が、その任に当たるとされている。

しかし、場所によっては、そうした個別の対応をとらず、一人の医師が、地域を一括して担当しているというところがある。

例えば、東京消防庁の場合、救急隊に対して特定行為の可否を指示する救急隊指導医は、千代田区大手町（区部）と立川市（多摩地区）にある救急管制センター内に、常時すなわち二十四時間三百六十五日、各一人ずつが置かれており、それぞれの管轄地域内の特定行為の指示を一手に引き受けている。

この救急隊指導医は、都内にある救命救急センターの医師を中心に持ち回りで編成されており、通常は、一人の医師が十二ないし二十四時間、救急管制センターに詰めている。

そのためか、ほとんどの場合、特定行為を受けた患者の搬送先が、その特定行為を指示した指導医の所属する救命救急センターとは異なるところとなってしまっている。

余談ではあるが、そのことが、患者を収容した救命救急センターと、搬送してきた救急隊あるいは家族との間に、患者への対処方針を巡って、時に大きな軋轢（あつれき）を生む原因となっているのではないかと、一部で指摘されているのである。

「で、収容後は？　もう、決着はついたんだろ」

「はあ、血圧の方がなかなか安定してくれなくて、現在、集中治療室の方で、人工呼吸管理を継続しなが……」

「な、何、病室に上がったのかよ」

おいおい、俺は、てっきり、そのまま霊安室に直行したのかと思ったのに……と言いながら、部長は額に手を当てた。

「ま、待てよ、そうすると……」

部長は、慌てて電子カルテの画面をスクロールした。

「ほおら、やっぱり、救命センターのベッドが、もう満杯じゃねえかよ」

「ええ、それで端末の方は、×にしておきました」

端末というのは、救急医療情報システムの病院端末装置の謂であり、それぞれの救急病院の、診察可能な診療科目、入院可能なベッド数や男女の別、あるいは手術の可否などといった、救急管制センターや救急隊が患者の搬送先医療機関を選定するに当たって必要な基本情報を、○×で表示しているものである。

このタブレット型の端末は、都内のすべての救急病院に配置され、それぞれがインターネット回線に繋がれており、病院側がリアルタイムの情報を入力、更新していくルールになっている。

「ということは、この患者さんが、昨日の最後の要請だったたって、さっき、おまえさんが言ったのは……」

部長が、怪訝そうな顔を当直医に向けた。

「はあ、その後、端末を×にしたためだと思いますが」

「それじゃあ、その間に、この地域で、ホントに救命対応が必要な患者が発生していたのだとしたら……」

「きっと、どこか別の救命センターをあたってるんじゃないですかねえ」

「おいおい、そんな暢気なことを言ってくれるなよ」

いいか、救命センターというところは、だな、常に空きベッドを確保し、救急患者を受け続けてなんぼのところ、端末を×にするってえことは、そんな簡単な話じゃないんだぞ、と目を吊り上げている部長に向かって、悪びれた様子もなく、当直医が応えた。

「いやあ、それだからこそ、収容したんですが……」

救急管制センターの指令官から、あちこちの救命センターで断られまして、もう先生のところしか……って、泣きつかれちゃったものですから、と当直医は説明した。

「バ、バカ野郎、救急管制センターの指令官に嫌われるよりも、誰がどう見たって終末期としか言えない患者で、それも心肺停止状態から蘇生してしまったような患者で、救命センターの虎の子のベッドを潰してしまうことの方が、よっぽど問題なんだぜ、わかってんのか！」

＊＊

さてさて、この話、後日談があります。

部長から、救命センターを満床にしてしまったことを詰(なじ)られた件の当直医が、その後、「何とかなりますよ、先生、この患者さん、そんなに保(も)たないと思いますから」なんぞと嘯(うそぶ)いていたのですが、現実とはままならないもの、その日の午後には患者さんの循環動態も安定し、さらに翌日には、呼びかけに反応が見られるようになってきたのです。

しかし、心肺停止に至った理由が、おそらく誤嚥による窒息だったためでしょう、案の定、誤嚥性肺炎を併発してしまいました。

もともとが、寝たきりの状態だった患者さんです、一度、誤嚥性肺炎を発症してしまうと、どんなに濃厚な治療を施したところで、回復などということは到底望めず、人工呼吸器が外せない状態になってしまいました。

よく言えば小康状態ですが、実際のところは、前にも後ろにも進まない、いわゆる膠(こう)

着状態に陥ってしまったのです。

確かに、優秀な救急隊や特定行為を指示した指導医、あるいは救命救急センターなんぞという、言わば救急医療体制の粋を集めた結果として、まさしく面目躍如、一旦は三途の川を渡った人間を、こちら側に呼び戻すことに成功したケースなのですが、しかし実際のところ、いったい私たちは、この九十五歳の女性に、何をもたらしたのでしょうか。

ベッド上での彼女の表情を見る限り、それはきっと、苦痛でしかなく、また、彼女のご家族にとっても、どうしてよいかわからないという困惑だけだったように思われます。あるいは、救命センターの貴重なベッドを長期間にわたって占有し、高額の医療費を無駄に消費しているだけの厄介者という、周囲の無慈悲な視線のような気がします。

彼女にもたらされたもの、それは不幸以外の何ものでもなかったのではないか、と危惧されるのです。

どうして、しかし、そんなことになってしまったのでしょうか。

それはおそらく、例えば、若い人間が酔いつぶれ、吐物を気管に吸いこんでしまい、それを喀出できず、窒息状態に陥ってしまったような場合に、救急隊や救命救急センターといった、その時使える医療リソースを最大限につぎ込んで救命を図ろうとする

「救命救急医療」を、超高齢で寝たきりの人が食事中に誤嚥をしてしまったという、本来なら「終末期医療」を受けるべきであった症例に対して、間違って適用してしまったためだろうと思います。

何故、間違えてしまったのか……それはきっと、「終末期医療」の目的が、「救命医療」ほどには明確なことではないからだろうと愚考します。

とすれば、「救命救急医療とは、命を救い、生を継続させることを目指す医療である」なんぞという、ある意味、純粋だが能天気なスタンスのみを、今後とも救命救急センターがとり続けることは、とても危うい難しいことなのかもしれません。

何故なら、この下町の救命センターに収容されている方々の平均年齢が、かつては、人生の最盛期と目される四、五十代であったのが、今では、七十代に突入してしまっているから、と申し上げれば、おわかりいただけるでしょうか。

そう、あの某政治家の言葉は、実のところ、まことに正鵠を射たものであり、私たちも深く思いを致さなければならない見識、なのかもしれないのです。

それでは、また。

エピローグ

九十二、七十六、八十八、九十、七十九……最近の救命救急センターの入院台帳を繰ってみると、やれやれ、こんな数字ばかりが、その年齢の欄に並んでいます。

少子高齢化が進んでいることももちろんなのですが、そもそもが青息吐息の重症の患者さんを受け入れることを求められている救命救急センターなのですから、当然のことながら、入院患者の中で、高齢者の方の占める割合が高くなってきているのです。

高血圧や糖尿病といったいわゆる生活習慣病をいくつも背景に抱えている、というのが高齢者の常なのですから、いったん体調を崩せば、途端にそれが重症・重篤化し、あるいは直ぐにでもお迎えが来そうな状態に陥ってしまうということも、しばしば見受けられます。

もちろん、救命センターに若い患者さんがいないわけではありません。

例えば、九十八歳の患者さんの隣のベッドで、生後六ヶ月の乳児が横たわり、並んで人工呼吸管理を受けている、なんぞという光景を、目にすることもあります。

そうした乳幼児や、小中学生が入院していることも珍しくはありませんが、救命センターに担ぎ込まれてくるような子供たちの場合、多くは交通事故の被害者や、虐待によるケガややけどであったり、あるいは、風呂や川で溺れたり、という不幸・不運な外因によるケースが大半です。

申し上げるまでもなく、傷ついた人、苦しんでいる人、弱っている人、そんな方たちを救うのが医療というものの役割であり、ましてそれが、救急医療となれば、何を疑うこともなく、患者さんの救命を図り、社会復帰を目指す、そのために、日々、救急患者や救急車を受け入れ、黙々とその治療にあたる、きっとそれが、救急医という存在なのでしょう。

しかしながら、救急医とて生身の人間です、限りのある自分たちの力を尽くす上において、負わなくてもよいはずの傷を受けてしまった子供たちへのまなざしと、救急車を呼ぶような羽目になってしまう前に、もう少しご自分の体に意識をもってくれたら、なんぞとつい申し上げたくなってしまうような、分別盛りの大人や高齢者の方々に対するそれとの間には、やはり、歴然とした違いが生まれてしまうということを、正直に白状しなければなりません。

実は、過日のある会合で、高名な先生から、こんなことを言われました。

「救命救急センターなんぞ、二十世紀の遺物以外の何物でもないね」

これからは、予防医学の時代であって、如何に病気にならないようにするかに金を掛けることが肝要、救命救急センターなんぞに象徴されるような治療医学は、もう行くところまで行っちゃって、これ以上、進歩する可能性も、進歩させる必要もない、そう喝破されました。

昨今の状況を見てみますと、残念ながら、こう答えるしかありませんでした。

「先生、まさしくそれは、卓見です」

さてさて、そろそろ先が見え始めている人間として、あるいは心が折れかかっている臨床医として、そんな救命センターから垣間見えてくる世界を、性懲りもなく、つらつらと書き連ねてみました。

そうしたことが、読者の皆様の、立ち止まり、自らを振り返ってみる端緒に、どうぞ、なりますように。

それでは、また。

二〇一五年十一月　救命センターの片隅にある部長室にて

解説――救命センターの医師たち

上野千鶴子

「（患者が）救命救急室についたときは出血性ショック状態だった。脈は早く、微弱だった。血圧はほとんど触知不能である。……手術台に乗せ、麻酔をかけたときには、心停止寸前だった。

レジデント（後期研修医）が手を二回動かし、若い男性患者の腹部を開いた――すばやくまっすぐに、迷わずナイフでみぞおちからへその下まで腹部の中央の皮膚を切り開いた。そして、白線――左右の腹直筋のあいだを走るしっかりした繊維組織――に手術ばさみを差し込み、上に持ち上げながら切った。……男性から血がほとばしり、海のように広がった。手袋をしたレジデントの手が開いた口から中に潜っていった。向かい側に立つ指導医が、奇妙なほど落ち着いた、ほとんど息遣いのような小さな声で、『取れたか？』と尋ねた。

間があった。

『いまか？』

また間があった。
『あと30秒しかない』
突然、レジデントは脾臓を取り外し、見えるところまで持ち上げた。……表面の裂け目から、奔流のように血がほとばしっていた。指導医が血管に止血クランプをかけた。出血はただちに止まった。患者は救われた」（アトゥール・ガワンデ〔原井宏明訳〕「漸進主義は現代医療のヒーローだ　2」『みすず』663、みすず書房、2017年、12～13頁）

「こんな場面に惚れない人がいるだろうか？」――とアメリカの外科医で著述家、アトゥール・ガワンデは書く。

「私は医学が放つヒロイズムの香りに惹かれた。……私が真に惹かれたのは手術室だった」とガワンデは言う。その「手術室のヒーロー」が浜辺祐一先生である。東京都内の病院の救命救急センター部長。カッコよくないわけがない。

しかもこの先生、文章がやたらとうまい。体験談をもとにしたエッセイのはずが、手に汗にぎる小説仕立てになっている。ご本人をモデルにしたらしい「部長先生」が登場して、新人医師や若い研修医と臨場感あふれるやりとりをする。

フォーマットも決まっている。事件が起きるのはだいたい「部長先生」が一服しようとコーヒーマシーンに向かうタイミングだ。エンディングは、部長先生のぐちとも繰り言ともつかぬひとりごとがオチとなって、「それでは、また」と終わる。よくできた連続警察ドラマを見ている気分になる。警察も救急車も登場するので、お膳立てはそろっている。あんまり話の運びがうまいので、どうかしたら、作り話じゃないかと思ってしまうくらい。千夜一夜じゃないけれど、もっと、ねえもっと聞かせて、と話をおねだりしたくなる。日本エッセイスト・クラブ賞を受賞したのもさもありなん。

そういえば、救命救急センターにかつぎこまれた患者さんには、一件一件、人生のドラマが詰まっていることだろう。なにしろ、普通のひとの人生にはめったに起こることのない「救急車に乗る」という経験からして、尋常でない。本書にも、妻を殺して死に損なった高齢男性、孤独死になりかけたおひとりさま、川に飛び込んだ自殺女性などどが登場する。それだけでもじゅうぶんにおもしろいが、この先生はなにしろキャリア30年の大ベテラン。過酷な救命救急現場に30年ものあいだ、現役を張っていること自体が驚異だが、この30年の変化を、救命センターという現場からのぞいて、世相診断をする社会学者のような視線に魅せられた。

この30年のあいだに、日本の少子高齢化は急速に進んだ。その結果、死亡年齢のみならず、死の病像も大きく変化した。現在日本人の3大死因の1位はがん、2位は脳・心臓血管疾患、3位は肺炎。80代以上になると老衰が上位にあがってくる。脳・心臓血管疾患といえば、突発的に起きる突然死のように思われるだろうが、そうではない。多くは規模の小さい脳梗塞や心筋梗塞をくりかえしたあげく、致命的な死因が訪れる。かつては感染症が死因の1位だったが、ここに挙げた肺炎はかつてのような感染症とは違う。慢性疾患で療養中に抵抗力が落ちた高齢者が、誤嚥等をきっかけに肺炎を起こすものをいう。つまり1位から3位まで、いずれも加齢に伴う疾患で、治療が困難で長期にわたってつきあうほかなく、死期が予期できるような疾患ばかりなのだ。

それに対して、浜辺先生は、救命救急医療は「突発・不測」の事態に対応するものだという。直前まで健康だったひとが、突然苦痛を訴えたり、不測の事故に遭ったりするような場合だ。ところが実際に救急車で運ばれるのは、70代、80代、90代の高齢者。若者や働きざかりの男女を「突発・不測」の事態から救命するのは、やりがいも手応えもあるヒロイックな医療かもしれないが、救命しても状態は改善せず、死を待つだけの年寄りを相手にしては、そりゃ、救急医の気持ちも萎えるだろう……と先生は嘆く。

東京消防庁管内の救急車出動件数は2009年に65万5631件だったのが、2014年に75万7554件に増えたのだとか。同じ期間に救急隊は229隊から237隊に増強されているにもかかわらず、レスポンス・タイム（119番の受信から現場への到着までの時間）が2003年の7・4分から2013年には10・9分に延びているそうな。理由は「突発・不測」の事態にあたらないような出動件数が増えているから。広域の救急隊管理のもとで、直近の救急隊が出払っていれば、遠くても隣接する地域の救急隊の出動を要請せざるをえない。それも救急車を受診用のタクシー代わりに使うような不届きな利用者がいるから、とはよく聞く。アメリカでは救急車の要請は有償。あとで高い請求書が来るとわかっていれば、子どもの急変を目の前にした親が、救急車を呼ぶ電話をかける手も止まるだろう。それを思えば、日本の救急車はタダ。しかも応需率（呼んだら来てくれる割合）ほぼ100％で、誰が呼んでも確実に来てくれ、たとえ「たらい回し」に遭ったとしても採算を度外視して医療が受けられる。なんてよい社会なんだろう。

とは思うが、それが年々増大する一方の医療費と、現場の疲弊につながっていると思えば、考えこまざるをえない。

「『終末期医療』とは、人の命を全うさせ、うまく終わらせることを目的とする医療であり、『救急医療』とは、命を救い、生を継続させることを目指す医療である、と言うことができるでしょうか」

「両者のベクトルは、実は全く正反対の方向を向いている」と浜辺先生は言う。

同じことを終末期医療の担い手たちも、反対側から言い始めた。終末期医療は足し算ではなく引き算の医療。在宅の患者さんとその家族に言い聞かせるのは、状態が急変しても決して救急車を呼ばないこと、と。

医療の世界でも、「常識」は比較的早いペースで変わる。一時は「口から食べられなくなったら胃瘻」が「常識」だったのに、胃瘻を造設された患者の実態が明らかになってから、胃瘻造設件数は急速に減少した。高齢者施設でもこれまでは「最期は病院」が「常識」だったけれども、最近は「居室での看取り」が選択肢になってきた。そう考えれば浜辺先生のお悩みも、「死ぬのは病院で」という日本人の「常識」が変わるまでの、過渡期のお悩みかもしれない。時間が経てばいずれは解決するだろう、ということになりそうだが……。

とはいえ、不安が残る。多死社会のもとで、それでなくても足りない医療資源をどこに優先的に配分するかをめぐって、すでにトリアージが取りざたされている。トリアージは、もともと戦争医学や災害医学の用語だ。一時に大量の傷病者が登場する修羅場で、治る患者と治らない患者とを瞬時に選別して（タグをつけるんだそうな）、限りある医療資源を前者に優先的に資源配分する。戦場なら、回復したらまた前線に送り返すことのできる使い物になる兵士と、もはや使い物にならない兵士との選別という、血も涙もない判定である。医療にコスト・パフォーマンスの原則が導入されたものだと考えてもよい。

医療だってコスパを考えて当然、というリクツはわかる。某政治家のように「（医療費負担を）政府のお金でやってもら」いながら「生かされる」なんて「寝覚めが悪い」という人もいる。だが「死にたい時に死なせてもらわないと困っちゃう」というこの政治家も、実際にその場に直面してみたら、「死にたくねえ」とわめくかもしれない。

浜辺先生は、救急医療は究極の「不採算医療」だという。医療費の取りっぱぐれが予想されても、レセプト・チェックでクレームをつけられても、救急医たちは、現場で死力を尽くす。彼らの職業意識と使命感が、彼らを駆り立てるからだ。

わたしは信じるが、浜辺先生だって、この患者、ホントに救急適応があるんだろうか？　とぶつぶつ言いながら、そして救急ベッドが埋まっているあいだに、誰か助けられる命を助けられなかったんじゃないだろうか、と悩みながら、目の前にかつぎこまれた救急患者を決して見捨てることなく、最善を尽くしてしまうだろう。本書からわたしたち読者が学ぶ最大のことは、いまの日本の救命救急現場が、このような職業意識の高い良心的な医師たちによって支えられているという事実である。そしてそのこと以上に、日本の医療に対する信頼感を高めるものはない。

これまでだって、これからだって、救急医療室は、人生と社会の矛盾の縮図であり、しわよせでありつづけるだろう。危機に瀕した目の前にある命とどう向き合うか？　正解はない。そのつど、悩みながら、苦しみながら、ケース・バイ・ケースの解を出していくしかない。

わたしの敬愛する介護職、高口光子さんとこんな会話を交わした。彼女の勤務する高齢者施設で、「病院で看取るか居室で看取るか、入居時に家族の同意書はとるの？」と訊いたときのことだ。「いや、ウチではとらない」「なら、どうするの？」という問いに、「迷って、悩みぬけばいい」というみごとな答えが返ってきた。

冒頭に引用したガワンデは、同じ文章のなかで、外科医とプライマリケア医とを比較して、外科医の価値を高く評価していた過去を、後になって反省する。

プライマリケアに投資した地域では、死亡率が低く、入院率が低く、特定疾患の死亡率も低かった。結果として医療資源のコスト・パフォーマンスもよかったのである。プライマリケア医は、何も特別のことはしていないし、医療スキルもスペシャリストほど高くないかもしれない。大きな違いは、患者の人生を継続的に知っていること。対するに救急医は、患者の人生の一瞬だけを切り取ってつきあっていることになる。その出会いは劇的だろうが、人生はつねにドラマではない。

救命救急センターは、医療の最後の砦である。それに対する信頼感が崩れることは避けなければならないが、それが「突発・不測」の事態に備えた非常時のものであることは、先生が口をすっぱくしてくりかえすように、肝に銘じておこう。

医者も人間である。切った張ったの現場の先生にも、やがて「引退」のお歳が来るだろう。体力勝負の救急医が務まらなくなったら、そのままなだらかに終末医療に転じていただきたい。実際に救急医から終末医に転じた山崎章郎先生のような医師もいるし、「看取りの医者」で有名な小笠原文雄先生のように、救急医療・高度医療を経験してから在宅に転じた方がよい、と唱える医師もいる。

命の非常時にこれだけ立ち会い、人生の振幅の大きさをこれほど見聞きしてきた先生が、どんな看取りの医者になるか？……そうなったら、今度は『浜辺先生の看取りの現場から』というエッセイ集を読んでみたいと思うのは、わたしだけだろうか。

（うえの・ちづこ　社会学者）

本書は、二〇一六年一月、集英社より刊行された『救命センター カルテの向こう側』を文庫化にあたり、『救命センター「カルテの真実」』と改題し、書き下ろしの「虐待」を加えました。

初出「青春と読書」二〇一四年四月号〜二〇一五年十月号

本書に登場するエピソードは、関係者のプライバシーに配慮し、事実をもとに再構成しました。
また、データ等は単行本刊行当時のものです。

集英社文庫

救命(きゅうめい)センター「カルテの真実(しんじつ)」

2018年1月25日　第1刷
2024年8月14日　第5刷

定価はカバーに表示してあります。

著　者　浜辺祐一(はまべゆういち)

発行者　樋口尚也

発行所　株式会社 集英社
東京都千代田区一ツ橋2-5-10　〒101-8050
電話　【編集部】03-3230-6095
【読者係】03-3230-6080
【販売部】03-3230-6393（書店専用）

印　刷　大日本印刷株式会社

製　本　大日本印刷株式会社

フォーマットデザイン　アリヤマデザインストア　　マークデザイン　居山浩二

ISBN978-4-08-745691-2 C0195